LE ROI N'AVAIT PAS RI

Du même auteur :

Cosme, Flammarion, 2018.

www.editions-jclattes.fr

Guillaume Meurice

LE ROI N'AVAIT PAS RI

Roman

JC Lattès

Couverture : LaLégende / Thierry Feuillet
Illustration : © Granger collection / Bridgeman images.

ISBN : 978-2-7096-6786-9

Première édition : mars 2021

C'est bien la pire folie que de vouloir
être sage dans un monde de fous.

La salle d'apparat aux épais murs de pierres résonnait à présent d'un calme terrifiant. Seul le feu dansait encore dans les immenses cheminées, s'obstinant à réchauffer une atmosphère devenue glaciale.

Autour de moi, la foule s'était figée. Pourtant, quelques instants plus tôt, les demoiselles tournaient jusqu'à épuisement au rythme des luths et des vielles à archets, des courtisans se remplissaient la panse à pleines bouchées, le vin coulait à flots dans les gorges repues, des poulardes confites, gibiers en sauce, et autres porcins rôtis sortaient encore fumants des cuisines pour s'échouer sur une large et longue table en bois.

Au milieu de cette cathédrale des plaisirs, je savais mon rôle à la perfection. Je le connaissais par cœur, par foie, par tripes. Toujours positionné près du souverain pour ne rien rater de ses faits et gestes, mais pas trop proche non plus pour pouvoir le surprendre d'un trait d'esprit qui faisait ma réputation. Je n'aimais rien de plus que ces moments passés à l'affût, prêt à dégainer.

Pourtant rompu à l'exercice, je ressentais chaque boutade comme un saut dans le vide. La mécanique comique ne souffrant d'aucune approximation, j'expérimentais l'orfèvrerie au service du calembour. Un bafouillage et l'effet était raté, une hésitation et la magie s'envolait. Pire, de grands périls guettaient chaque saillie : le déshonneur, l'oubli, la mort. Car il ne s'agissait pas d'égayer n'importe qui, mais le roi François, premier du nom ; de larges épaules, un nez plongeant et un corps massif qui dominait le royaume de France depuis près de deux décennies.

Combien de fois avais-je vu sa tête basculer en arrière en un rire tonitruant, senti la joie partagée et la légèreté profonde jaillir de ce corps si puissant ? Combien de fois avais-je goûté la majesté qui se fissure dans un réflexe qui ne triche pas ? Des centaines, des milliers. En toutes circonstances. À la guerre, à la chasse, jusque dans la grande salle du conseil où le sérieux le dispute au tragique.

Une fois de plus, lors de ce banquet, j'avais osé l'insolence. Elle était la raison de nos liens si robustes, elle scellait notre complicité et notre confiance mutuelle. Avec lui, près de lui, à son sujet, j'avais le droit de tout tenter, de tout risquer. Alors je me hasardais sur des chemins scabreux, me perdais dans les caricatures, expérimentais des cabrioles, des imitations. Pour le divertir, j'usais de tout ce qui me semblait bon, les moqueries les plus impertinentes, les persiflages les plus fourbes. Ma liberté était totale. Dans certaines limites.

— Évite ça ! m'avait averti un jour un de ces conseillers dont j'ai oublié le nom, tant ils étaient nombreux à tenter de briller dans l'ombre. C'est un plaisir coupable. Et par coupable, comprends que ta tête sur un billot est facilement détachable du reste !

Sur le moment, j'avais ravalé ma salive, comme pour me rassurer sur la bonne jonction entre ma bouche et le reste de mon corps. Mais comment exercer ma liberté sous la menace du pire ? L'effronterie réglementée est-elle de l'audace ? Ces questions se bousculaient dans ma tête. Celle qui était toujours sur mes épaules, mais pour combien de temps encore ?

Car j'avais bel et bien tutoyé les confins du culot autorisé, voulu sentir à nouveau ce frisson. Mais j'avais échoué. Le fracas silencieux qui m'entourait à présent en était la preuve. Dorénavant, partout où je posais mon regard, les yeux noirs des nobles, officiers et seigneurs, reflétaient mon échec. La cour du roi est un monstre à mille visages.

Maintes fois ils avaient eu à subir mes assauts, fait mine d'y répondre par le détachement, retenant un coup de pied, une gifle, pour ne pas s'attirer les foudres du roi. Lui seul s'était arrogé ce privilège de pouvoir me rosser quand bon lui semblait. Dieu sait qu'ils auraient donné cher pour passer outre et m'envoyer une raclée que parfois, je l'admets volontiers, j'aurais méritée. Craint, dans cette farandole de vanités, je pouvais tailler gaiement à la force de mes sarcasmes. Aujourd'hui, ils tenaient leur revanche.

D'ailleurs, un rictus les trahissait tous. Non pas un sourire large et franc, mais une joie intérieure, une allégresse contenue que je percevais derrière leurs lèvres pincées, leurs mâchoires serrées et leurs sourcils vengeurs. Tournant la tête, je croisai le regard de ce maître d'armes ventripotent qui avait osé se moquer de ma bosse et à qui j'avais fait observer qu'il avait la même sur le ventre ; celui de ce courtisan trop audacieux qui était venu me chercher des poux dans la tête alors qu'il en avait la culotte pleine ; ceux des pages, auxquels je faisais régulièrement remarquer qu'ils ne seraient pas aussi idiots s'ils en avaient tourné davantage.

Parmi ces visages figés par la rancœur, je tombai sur celui du grand maître de France et gouverneur du Languedoc, Anne de Montmorency, à qui je n'avais pas manqué de mentionner le « n » superflu dans son prénom. Combien cela dut être insupportable, à cet homme si hautain, de se voir torturer l'orgueil par une petite chose sautillante de mon espèce. Que de frustration avait-il sans nul doute accumulée au cours de ces longues saisons à subir mes quolibets.

— Attention à toi ! Tu sais le sort réservé aux sots dans notre bon royaume ? m'avait-il menacé un jour.

— Oui je le sais. Ils deviennent grand maître de France et gouverneur du Languedoc.

J'avais vu son bras se tendre et aussitôt senti le poids de l'exaspération prêt à s'abattre sur ma figure. Mais j'avais aussi entendu, dans la même seconde, tonitruer le rire de François, synonyme de blanc-seing, d'amnistie, de triomphe personnel.

À ce type de victoire, je m'étais habitué, ainsi qu'à la morgue et à l'exaspération de mes souffre-douleur. Plus ils étaient puissants, plus cela me réjouissait, et plus mon roi semblait y prendre un malin plaisir. Mais il n'était jamais aussi ravi que lorsque mes foudres s'abattaient sur son auguste personne.

— Tu me fais tellement rire ! me répétait-il.

— Vous aussi, sire !

— Moi aussi ? Je te fais rire ?

— Vous êtes aussi crédible en monarque que moi en demoiselle de compagnie. Votre place sur ce trône est la plus réjouissante des facéties !

Et son rire retentissait encore, et la cour suivait, contrainte de goûter ma polissonnerie de peur de passer pour des pisse-froid irrespectueux.

Mais en cet instant précis, face à moi, me surplombant de sa superbe, ses yeux plantés dans les miens, le roi resta muet. Sur son visage, se dessinait un mélange de déception et de colère. Les bûches continuaient à se consumer dans les grandes cheminées. J'aurais aimé que le ciel s'écroule, qu'une tenture prenne feu, qu'une jouvencelle accouche, qu'un cheval fou traverse la pièce en renversant tout sur son passage, je priais intérieurement pour me réveiller en sueur au milieu d'une nuit peuplée de cauchemars, disparaître en un souffle, fuir loin, courir aussi vite que possible jusqu'à épuisement total, quitter le centre des attentions. Mais rien de tout cela n'arriva.

Je restai pétrifié, mon corps minuscule et tordu immobile dans un costume jaune et vert, couleurs du banni, que j'arborais quelques secondes auparavant, avec tant de fierté. Sous mon capuchon à grelots, je n'osais bouger la tête. Ma marotte taillée dans du merisier et surmontée d'une tête sculptée ne m'était d'aucun secours. Je me sentais nu, fragile, piteux, habité de cette solitude que seuls ceux ayant un jour essayé l'art délicat de faire rire peuvent toucher du cœur. Car une farce est un cadeau en même temps qu'un espoir. Une projection de soi, une attente de retour. Elle cherche le rire autant que la considération et ne tolère pas l'indifférence.

Celle qui me faisait face en cet instant me glaçait le dos.

Durant ces secondes suspendues, je repensais à ceux qui m'avaient précédé dans ce rôle. Parfois authentiques débiles, ou simples fous inconscients. Beaucoup avaient fini pendus haut et court pour un mot de travers, une attitude déplacée. Et moi ? Où allais-je finir ? Quand allais-je finir ? D'ordinaire maître de la plaisanterie, je subissais, impuissant, l'ampleur du drame qui se jouait à mes dépens.

Pour la première fois, je n'avais pas fait mouche. Le roi n'avait pas ri.

*

* *

Aujourd'hui, assis au pied d'un châtaignier, dans l'air frais et humide du petit matin, cette scène me revient en mémoire. Elle a imprimé dans mon esprit le goût amer du regret. De l'injustice aussi. Car la blague n'était pas mauvaise. Pas prodigieuse certes, mais le roi avait déjà ri à pire. Pas cette fois.

Les premiers rayons du soleil tentent de percer la brume épaisse qui s'étale devant moi. Sans elle, j'aurais un point de vue privilégié sur ma ville, Blois, que je devine en contrebas. Ses quartiers qui s'éveillent, ses commerçants qui s'affairent devant leurs échoppes, étalant leurs marchandises au tout-venant, ses gens d'armes qui patrouillent, son pont qui enjambe le fleuve paisible qui serpente jusqu'à l'horizon. Et son château, vaisseau de pierres dont je connais tous les recoins, toutes les alcôves, de la moindre fissure à la plus resplendissante des galeries, en passant par son escalier monumental à hélice, et ses façades majestueuses dont je ne me suis jamais lassé.

À cette heure-ci, la cour s'agite sûrement. Dans des pièces aux tapisseries étincelantes, les valets habillent les courtisans des plus belles étoffes. Ailleurs, des servantes frottent les sols, des cuisiniers allument les fourneaux, des palefreniers équipent les chevaux. Dans la grande chambre, il paraît que notre bon roi se tord de douleur. Une fistule entre le sphincter et les testicules, me suis-je laissé dire. Aurais-je réussi à le faire rire de ça ? Sans aucun doute. Le terrain est propice.

Mais il était trop tard. J'avais chu. Non pas en trébuchant sur un quelconque branchage, ou dans l'un de ces interminables couloirs du palais. Mais dans l'infamie, emporté par mes excès.

N'était-ce pas, peu ou prou, ce que ma mère disait à mon père quand il rentrait du cabaret confit de mauvais vin, vociférant des chansons paillardes, et s'affalant sur le lit en vomissant tout son saoul ?

— Il n'a donc pas d'limites ! Ce vieux sac est encore plein comme une outre ! Joséphine, Nicolas, allez aider vot' père ! R'gardez-moi ça ! Laid'ron ! Reste point sans rien faire !

Laideron était mon surnom, à défaut d'avoir un prénom. Dernier de la lignée, né avec des yeux globuleux, des grandes oreilles, un nez de travers, les pieds en dedans et une bosse en dehors, ma venue au monde tint du miracle. Ma survie, de l'accident.

— R'garde-moi ça ! C'est pas une tête c'est un brouillon ! répétait sans cesse ma mère en me dévisageant.

De ses yeux suintait la rancune.

— Comment t'as pu le rater à ce point-là ? répondait mon père dans un sursaut.

Les ricanements fusaient des bouches édentées. Dans la pièce commune de notre vieille mansarde noircie par la tourbe, je n'avais nul endroit où fuir ni me cacher, excepté une vieille table sous laquelle je pouvais rester des heures. J'avais froid. J'avais faim.

— Tiens, attrape donc ça !

Debout sur la pointe des pieds, ma petite sœur tenait au-dessus de sa tête des fanes de radis.

— Allez, saute un peu ! Fais-nous z'y voir, le monstre !

Il y avait déjà quelque temps que je ne grandissais plus, et Joséphine, pourtant ma cadette, me dépassait désormais d'une bonne coudée.

— Allez, monte z'y donc sur le banc ! T'as peur de tomber ? T'inquiète, tu peux pas plus t'estropier que tu l'es d'jà !

Parfois, je m'efforçais de sourire.

— Tu souris ou tu grimaces ?! On voit point la différence !

J'essayais de sauter mais elle s'écartait au dernier moment et je me retrouvais face contre terre.

— Dégage de là ! Va mendier sur la place ! me hurlait ma mère en me poussant avec son pied. Au moins, tu serviras à quelqu'chose !

— Et passe pas d'vant l'Aliénor, tu vas faire tourner l'lait, concluait mon père.

Aliénor était notre vache, principale ressource de la famille. Elle vivait là, avec nous, contre nous, nous apportait un peu de chaleur l'hiver. Son regard doux m'apaisait. J'avais pris l'habitude de faire ma toilette en sa compagnie, dans un vieux seau en bois. C'est ainsi que je connus la première frayeur de ma vie. En me penchant au-dessus de l'eau, tombant nez à nez sur mon reflet.

Boiteux, je n'étais d'aucune utilité pour les travaux agricoles. Tandis que la famille s'activait dans des fermes voisines, j'allais traîner ma bosse dans les ruelles de la ville, accentuais l'infirmité pour mieux inspirer la pitié, avec, je dois l'avouer, une certaine dextérité, un habile savoir-faire. Je geignais, ouvrais grands des yeux implorants. Je visais en priorité les bigotes, trop heureuses de faire acte de charité.

— Allez, ouvrez vot' bon cœur ! Vous l'emporterez point au paradis ! Aidez un pauv' malheureux !

Les bourses se déliaient, et quelques pièces tombaient dans mon escarcelle.

Une autre de mes techniques consistait à me cacher à l'angle d'une maison, et à surgir devant les passants. Lorsqu'ils tentaient d'esquiver le face-à-face, je m'accrochais à leurs sabots et ne les lâchais plus. Si ceux-ci résistaient, en dernier recours, je me plaçais devant eux et les pointais du doigt en riant très fort, sans aucune raison. J'avais remarqué que l'effet produit était d'une efficacité rare. La grande gêne ressentie par le badaud, voyant soudain les visages se tourner vers nous, l'incitait à lâcher quelques menues monnaies pour dissiper au plus vite le malaise.

Ainsi rapportais-je quotidiennement quelques sous que mon père confisquait illico pour sculpter sa future gueule de bois. Je repartais le lendemain, après une nuit passée à même le sol, l'unique couche étant déjà occupée par le reste de ce que l'usage convient d'appeler « ma famille ».

Aujourd'hui, sous ce châtaignier, repenser à ces nuits ravive les douleurs. Mon corps, si lourd, en garde la mémoire. Chaque jour était une éternelle souffrance, un lot d'humiliations et de combats. La survie ne tolérait aucun temps mort.

— Attrapez-le ! Attrapez-le, il a une cuillère dans la poche ! C'est la mienne ! beuglait un gros type rougeaud lancé à ma poursuite.

La tête baissée, lancé comme un cheval éclopé, je courais comme un dératé au milieu des étals. Les gens hurlaient d'effroi, en apercevant cette boule de chair à la langue pendante qui leur glissait entre les jambes. J'entendais tonner dans mon dos :

— Si je t'attrape, ça va très mal se passer !

Jamais je n'avais eu l'utilité d'une cuillère, ayant pris l'habitude de chaparder des fruits à l'étalage, des morceaux de pain. Sauf qu'elle était là, sans surveillance, au milieu des babioles en fer d'un marchand distrait. Et que le soleil qui s'y reflétait m'avait tapé dans l'œil.

— Malandrin ! Face de bélître ! Arrête-toi !

Le souffle me manquait. Mes courtes enjambées ne suffisaient plus pour semer la vengeance. Je sentais mon corps me trahir peu à peu. Il n'était définitivement pas taillé pour la course. Dans un dernier éclair de lucidité, je me précipitai sous un panier à linge et me fis encore plus petit que je ne l'étais déjà.

Quelques secondes plus tard, les pas se rapprochèrent, lourds et menaçants. Ils s'arrêtèrent juste devant moi. À travers les tresses en osier, mes yeux distinguaient nettement d'énormes bottes. Le souffle du marchand charria dans mes narines une haleine de charogne. Le panier se souleva. Mon cœur s'arrêta.

Lorsque j'ouvris les paupières, je ne vis rien que l'obscurité. Dans un silence profond, une douleur intense résonnait dans mon crâne. Je pris ma tête dans mes mains pour les passer dans mes cheveux en bataille. Un bruit de serrure me tira de ma stupeur.

— C'est lui ! entendis-je.

— Mais c'est un gosse ? s'étonna une autre voix d'homme.

— Oui, mais ce n'est pas tout… Avance ta lanterne.

Je vis une flamme s'approcher de mon visage, et l'homme reculer d'un bond.

— Mon Dieu ! Quelle horreur !

— Je vous avais prévenu…

— Quelque chose me dit qu'il ne manquera à personne…

— Sauf peut-être à la foire aux horreurs !

Des rires gras retentirent. La porte claqua. Je m'endormis à nouveau.

— Hé ! Gamin !

Cette fois-ci, ce sont des secousses qui me tirèrent du sommeil. Ainsi que la voix fatiguée d'un vieil homme.

— Gamin, réveille-toi, il faut que tu manges. Ça fait deux jours que tu dors. Tiens, avale ça !

Le temps de dessiller mes yeux, se dessinèrent dans la pénombre une longue barbe blanche, ainsi qu'une main tremblante me tendant un bout de pain.

— J'peux savoir où donc j'suis ?

— En enfer, mon bonhomme. En enfer. Mange.

Je portai le quignon à ma bouche. Il avait un goût de terre et d'urine séchée.

— Mais ? Qu'est-ce que… ?

— Déguste, on n'aura que ça pour la semaine.

Je tentai de mâcher sans vomir.

— C'est horrible. Comment vous pouvez supporter ça ?

— Il faut parfois savoir attendre. Endurer la souffrance, l'accepter comme une amie. Et attendre encore… Arrive toujours un moment où…

— Accepter de manger de la pisse ? C'est ça vot' conseil ? Faut vraiment être un vieux sénile pour baver d'pareilles sottises !

— *Aetate prudentiores reddimur*…

— C'est-à-dire ?

— L'âge nous rend plus sage. C'est l'un des adages favoris d'Érasme.

— Qui donc ?

— Un ami. Tu ne connais pas. Tu es trop jeune. D'ailleurs, quel âge as-tu ?

— J'sais point…

— Et comment t'appelles-tu ?

— J'sais point non plus. Mes parents m'ont pas donné d'nom. Y pensaient point qu'j'allais survivre…

L'homme ne répondit pas, mais je l'entendis soupirer.

— Et vous ? Quel âge vous avez ?

— Je ne sais plus…

— Et vot' nom ?

— Je ne sais plus non plus… Je l'ai oublié. Je ne savais pas que j'allais survivre.

Un énorme coup retentit contre la porte, suivi d'une grosse voix menaçante.

— Silence là-dedans ! C'est point une taverne !

Je me reculai d'un coup, me cognai la tête contre le mur et me rendormis aussitôt.

Jamais je ne sus combien de temps je restai à croupir dans ce cachot. Ni même avec qui. Ni encore quelle menace un enfant difforme faisait peser sur la société pour qu'on l'en écarte. S'il fallait encager les voleurs, pourquoi n'y trouvait-on jamais ces marchands qui font passer leurs pacotilles pour des merveilles ? J'en garde le souvenir de l'injustice, comme la moisissure dans un cœur pur.

— SORTEZ DE LÀ !

Un vacarme de tous les diables me tira du néant. Des cris, des bruits de chaînes, de coups de poing contre les portes en bois.

— Dieu a voulu les hommes libres !

— Libérons ! Libérons !

Une clé glissa dans la serrure et, à la lueur d'une torche, la porte s'ouvrit en grand.

— Sortez de là ! Vous êtes libres ! C'est un grand jour ! Gloire aux fous !

Un homme en costume de prélat venait d'entrer. Sans demander mon reste, je me faufilai hors du cachot et détalai. Je courus à travers des couloirs sans fin. Mes pieds nus dérapaient sur les pavés froids et humides. Autour de moi, d'autres portes s'ouvraient, des cris de joie retentissaient.

— Gloire à Dieu ! Gloire aux fous !

Des dizaines d'ombres avaient envahi les lieux. Je percevais çà et là des costumes extravagants, des tissus colorés, des chapeaux, des masques d'animaux. Déboussolé, au milieu du chahut, je cherchai une issue. Une lumière jaillie du haut d'un escalier me donna de l'espoir. Je m'élançai, avalai les marches comme un mort de faim. Arrivé en haut, à bout de souffle, je sentis une main m'attraper par le cou et un colosse me soulever de terre.

— Recommence jamais ! Sinon il t'arrivera c'qu'arrive aux vauriens sur la grand' place.

— Mais ? Z'êtes qui donc ?

À peine eut-il le temps d'esquisser une réponse qu'un homme à demi nu, le visage rouge, vint lui postillonner en pleine face.

— Lâche-le, sale geôlier ! Aujourd'hui, t'es plus le maître des clés.

Le geôlier me lâcha et je déguerpis à toute allure en direction des grandes portes de la prison qui m'attendaient les bras ouverts.

Dehors, la ville était en furie. Des rues, s'élevaient des clameurs. Des processions d'hommes et de femmes déguisés, maquillés parfois au charbon de bois, passaient devant moi en chantant. Certains portaient de faux attributs du clergé comme des crosses fabriquées dans du vieux bois. Tous semblaient ivres de joie, de rage, d'euphorie.

— Où qu'est l'évêque des fous ? Où qu'il est ?

— À la cathédrale !

— Tous à la cathédrale !

De toutes les artères se déversait une foule qui convergeait vers l'édifice. Chaque chanson était reprise à tue-tête. La liesse s'était emparée des âmes. Je suivis le mouvement. Une main attrapa la mienne.

— Farandole !

Une femme complètement saoule, cheveux blancs hirsutes et regard illuminé, nous faisait désormais tourner bras dessus, bras dessous.

— Bah, dis donc, il est réussi ton déguisement ! Tu f'rais peur au diable en personne !

Elle hurla de rire. Je souris au milieu de la furie collective. Soudain, une voix se fit plus forte :

— Le voilà !

— Hourra ! Vive l'évêque !

Porté par la foule, un homme rigolard vêtu d'une longue robe rouge, calotte sur la tête, bénissait ceux qui passaient devant lui. Il faisait tournoyer une bouteille, éclaboussant de vin la foule alentour. Certains tentaient d'attraper des gouttes en ouvrant grand la bouche.

— Le sang du Christ !

— La piquette du Seigneur !

Les yeux écarquillés, je ris aux éclats. Des ecclésiastiques travestis en femmes chantaient des chansons obscènes, prenaient des poses lascives. Les diacres mangeaient du boudin à pleine bouche. Un enfant de chœur se roulait dans les ordures tel un cochon dans sa soue. Plus rien ne semblait avoir de sens. Ou tout semblait avoir un autre sens, comme si une obscure maladie avait touché la ville en lui faisant perdre la tête.

Toute la journée se déroula ainsi, dans cet esprit de débauche et de déraison. On pénétrait dans des églises, où la foule jouait aux cartes, buvait, chantait.

— Dis donc, gamin, t'en fais une tête ! m'interpella un homme aviné.

— Je n'ai pas le choix, c'est la mienne, lui répondis-je.

Le soir, fourbu et ivre, je regagnai la mansarde familiale.

— Dégage d'là ! T'crois quoi ? Que tu peux rev'nir comme ça ? T'es cru à l'auberge ?

Je repartis sur-le-champ. L'errance était devenue mon pays. Le rejet, mon quotidien.

Un matin, tandis que je traînais ma peine derrière la cathédrale, mon regard se posa sur une fille à la cuisse dodue et aux seins lourds, légèrement vêtue d'une tunique vermeille.

— Allez, ouste ! Tu fais fuir le client !

Sa voix était épaisse comme du vin de fond de cuve. Je me plantai devant elle.

— Le client ? Qu'est-ce tu vends, toi ?

— On m'appelle Margaux la ribaude. Tu veux un dessin ?

— Ça m'dit point ce que tu vends.

— D'l'amour.

— Quoi ?

— Laisse tomber, avec l'allure que t'as, t'es point près de savoir ce que c'est !

— Pourquoi tu te caches derrière l'église ?

— C'est que personne veut me voir. Et ceux qui veulent me voir ne veulent pas qu'on les voie v'nir me voir.

— Euh… J'veux bien un dessin.

— Dégage !

J'occupais le bas de l'échelle des chassés, des reclus, des pestiférés. Je passai mon chemin pour aller disputer un os de poulet à quelques chats errants.

Un autre jour, au détour d'une ruelle, j'arrivai sur une étroite place encombrée de monde. Tous avaient les yeux rivés vers un endroit que ma courte silhouette m'empêchait de distinguer. Soudain, un long cri suppliant, suivi d'un bruit sec comme une branche qui craque, me fit sursauter.

— Oooooh, frémit la foule dans un mélange d'extase et de frayeur.

Un hurlement d'homme déchira le brouhaha, suivi d'applaudissements nourris. J'essayai de me faufiler en jouant des coudes, ceux-ci arrivant à hauteur des genoux du commun des mortels.

— Encore, encore ! s'écria une femme, bientôt imitée par un homme, puis un autre, et encore d'autres, la clameur se transformant peu à peu en une féroce allégresse.

Dans un coin de la place, une estrade semblait avoir été installée. Au gré des mouvements de la foule, j'arrivais parfois à distinguer un homme costaud vêtu d'un tablier en cuir noir, une masse à la main.

— Que se passe-t-il ? demandai-je.

M'apercevant, un jeune homme sursauta et laissa échapper un bref cri d'effroi avant de se reprendre.

— Ahah ! Pas d'chance d'êt' si court sur pattes, mon gars ! Tu rates tout !!

— Mais j'rate quoi ?

— La roue, mon p'tit, la roue ! Un des meilleurs spectac' que Dieu nous a donné.

Une longue plainte interrompit notre dialogue. Suivi d'un nouveau bruit sec.

— OOOOOooooh ! reprit la foule.

— Ça casse comme de la pierre gelée, plaisanta un de mes voisins.

Un homme hurla à la mort.

— Ça lui apprendra d'voler des betteraves !

— Voleur, assassin !

— Ouv'-lui le crâne en deux !

— Non, point si vite ! Qu'y s'vide lentement ! Ça l'fera réfléchir la prochaine fois !

Levant les yeux, je croisai des visages écarlates, des bouches ouvertes sur des dents noires. Je parvins à me glisser plus en avant.

— 'tention gamin, si t'veux point finir comme clou du spectac' !

— R'marque il est d'jà suffisamment amoché, l'bourreau saurait point où donner d'la tête !

Les gens s'esclaffèrent, couvrant des râles d'agonie, tandis que je continuais ma progression.

Un craquement stoppa net mon élan. Un liquide poisseux et chaud dégoulina le long de ma joue.

J'y portai ma main. Elle était rouge. Devant moi, l'homme au tablier levait sa gigantesque masse sur un homme nu, ligoté à une roue. D'où j'étais, je distinguais nettement ses chairs écrasées, son genou plié à l'envers, ses bras presque détachés du reste du corps. La masse s'abattit avec force. Je fermai les yeux. Un fracas d'os broyés et d'applaudissements vigoureux clôtura le spectacle. Je fermai les yeux. Et restai là, au milieu de cette foule, anonyme amas informe friand du pire.

*
*   *

L'atmosphère familiale devenait irrespirable.

— Ce raté nous coûte chaud et nous rapporte rien ! J't'avais dit d'l'abandonner au presbytère !

C'est ce début de discussion que je surpris un soir, caché derrière la porte d'entrée de la maison. Depuis ma sortie des geôles, j'espaçais mes visites. La rue me semblait plus sûre que ce palais de fiel.

— Même les sœurs n'en auraient point voulu ! C'est point une gueule qu'il a, c'est un accident d'charrette !

— Que veux-tu en faire ? L'marier ? Qui qu'en voudrait ?

— Une aveugle ? se gaussa ma mère.

Je voyais ses épaules tressauter à travers l'embrasure.

— 'Core faudrait-il qu'elle l'touche point, renchérit mon père.

— Une aveugle manchote ? C'est ça qu'il faut !

— Et qu'elle puisse point l'embrasser pour s'garder de sentir sa goule de traviole.

— V'là qu'on a trouvé le profil idéal. Une aveugle manchote sans tête !

Les rires résonnèrent. Le cœur me serra mais les larmes ne montèrent pas. Je repartis errer dans la ville.

En ce début d'après-midi, malgré la torpeur de l'été, les rues fourmillaient de vie. Les forgerons en bras de chemise tapaient comme des sourds sur des enclumes, faisant jaillir des éclairs de feu, des vendeurs à la sauvette hurlaient. Un jeune homme grand et maigre à l'allure sympathique, uniquement vêtu d'une longue chemise beige en lin et d'une ceinture en cuir à la taille, avait installé devant lui une planche de bois maintenue par deux tréteaux.

— Passez muscade ! Passez ! La voilà ! Où qu'elle est ? Où qu'elle est la muscade ? Elle est là ! Oh là, qu'il est vilain lui !

« Vilain », cela ne pouvait désigner que moi. Même si un mulet cabossé traversait la rue, même si un vieillard décrépit apparaissait sur le pas de sa porte, jamais ils n'auraient pu me disputer ce titre.

— Qu'est-ce que tu fiches là ?

— T'as pas une pièce ?

— Tu fais le mendiant ? Tu m'étonnes, vu ta trogne ! Allez, reste point là, tu vas faire fuir le chaland !

Je me plantai devant lui.

— Qu'est-ce qu'il y a ? Tu veux jouer ?

Sans me laisser le temps de répondre, il saisit une noix de muscade, la glissa dans un gobelet en bois qu'il retourna sur la planche.

— Si je prends deux autres gobelets vides, que j'les retourne aussi et que j'mélange le tout ! Et hop et hop et hop ! Où qu'elle est ? Où qu'elle est, la muscade ?

Lorsqu'on a appris tôt l'art de la survie, on ne quitte pas des yeux la moindre promesse de pitance. Je pointai mon index vers l'un des gobelets.

— Oh qu'il est fort ! Allez, on r'commence mais avec la mise ! Je sens qu'il va me plumer l'garçon ! Allez, allez !

Devant moi, ce grand gaillard s'agitait et sa tunique devenait chiffon plein de sueur. Je fouillai dans ma poche et en sortis un sou que je posai sur la planche.

— Oh il est joueur, le vilain, il est joueur ! Allez, on double !! Passez muscade ! Passez muscade ! On la lâche point des yeux !

Ses mains s'agitaient de plus en plus vite. Les gobelets s'entrechoquaient. Je ne savais plus où donner du regard.

— Et alors, le vilain ? Où est la muscade ? Où qu'elle est ?

D'un geste franc, je désignai un gobelet.

— Oh mais qu'il est fort celui-ci ! Il est aussi fort qu'il est laid ! Allez, tu r'tentes ?

— Euh…

— Il retente ! Il est vilain, il est fort et il est joueur !

Il reprit sa chorégraphie. Une fois de plus, je devinai, doublant mes gains. Et une fois encore. Et encore. Mélange de chance et d'instinct.

— Mais il est point possible, celui-là !

Un attroupement commençait à se former. Des badauds, intrigués par ce duo bruyant, souriaient.

— Viens me voir, vilain !

À peine eus-je esquissé un mouvement de recul qu'il m'attrapa par le col et me traîna dans une ruelle adjacente.

— Écoute, je ne sais point comment tu fais. Sans doute, tu triches. Mais je m'en fiche. Ce que j'veux c'est que tu arrêtes parce que tu vas m'ruiner.

— Mais je…

— Tu veux ma main en travers du museau ? Écoute-moi. J'ai quelque chose à t'proposer. Que dirais-tu de travailler pour moi ?

— Pour toi ?

— Oui. Devenir mon complice. J'te prête des sous et tu mises plus gros. En t'voyant gagner, les autres seront en confiance, et miseront encore plus gros.

— Et si je perds ?

— Aucune chance. Je te fais un petit signe pour te dire où est la noix. J'me gratte le sourcil droit, elle est à droite, le gauche, elle est à gauche, le nez, elle est au milieu. À la fin, j'te file un dixième de la recette.

— Tu m'files quoi ?

— Laisse tomber ! J'te file plus d'argent que tu n'en as jamais eu.

— Non, je préfère continuer à…

— Tu veux que j'appelle la garde pour lui dire que tu m'as volé ? Tu crois qu'ils vont croire qui ? Un brave escamoteur ou un nain de traviole ? Tu veux aller faire un tour au cachot. Tu connais l'cachot ?

J'étais liquide, suant à grosses gouttes.

— D'accord.

— Allez, on y retourne, vilain !

Lorsque nous rejoignîmes la rue, l'attroupement avait doublé de taille.

— Désolé, m'sieurs dames ! Je voulais savoir si ce p'tit imbécile ne trichait point ! Il en va de ma réputation. Allez, on y va !

Je compris vite mon rôle. Pousser les gens à surenchérir, à se laisser aller. Lorsqu'ils pensaient le jeu truqué, je leur redonnais confiance en les aidant à trouver la muscade. Effet immédiat : ils misaient une plus grosse somme au tour d'après. Et perdaient, inéluctablement.

— Hé, on ne peut point gagner à tous les coups m'sieurs dames ! Il faut être vif ! Au suivant !

Ainsi de suite pendant tout l'après-midi. Combien de personnes repartirent ruinées ? Beaucoup, à en croire la bourse pleine qui pendait à la ceinture de mon nouvel et seul ami.

— Ça, c'est une bonne journée. Allez, approche-toi ! T'as bien mérité ta part. T'as été parfait !

Pour la première fois de ma vie, je me sentais utile. Je goûtais ce plaisir d'avoir été accepté dans la compagnie des hommes, non comme un objet de terreur, une anomalie, mais comme un égal, un partenaire.

— Merci, m'sieur…

— En revanche, ferme la bouche parce qu'avec ta tête tordue, tu vas me mettre des cauchemars.

Même cette réflexion ne parvint pas à corrompre ma joie.

— Dépêche-toi qu'je quitte la ville avant de m'faire dépecer par des esprits chagrins. Rien de plus dangereux qu'un homme qui rentre ruiné auprès d'sa femme !

Il me glissa trois pièces dans la main.

— J'ai compté de tête, mais tu sais, c'est point dans mon habitude de flouer le chaland !

Il rit très fort, me salua et s'éloigna, sa planche et ses tréteaux sous le bras.

— Attends ! lui lançai-je. On s'retrouve demain ?

— Demain, je serai loin ! Les habitants ont eu leur compte. Rien de plus compliqué à plumer qu'un pigeon à poil.

Je restai là, un moment, hébété, le sourire aux lèvres. Heureux. La faim me saisit au ventre.

À cette époque, la ville était en plein essor. Auberges et cabarets pullulaient comme autant de pièges pour le pauvre mortel à maigre volonté. La Truite fumeuse, Le Repaire du lièvre, Le Galopin… On ne comptait plus les enseignes qui promettaient d'alléger vos souffrances et raccourcir vos heures.

Je m'arrêtai devant L'Auberge du cygne, un établissement à la devanture bleue sur laquelle étaient peintes deux énormes ailes blanches. En poussant la porte, une angoisse me prit aux tripes. Et si mon père était là ? Si je tombais nez à nez sur lui ? Que penserait-il ? Dans quel état le trouverais-je ?

Un coup d'œil rapide me rassura. Seules quelques tables étaient occupées par des voyageurs devisant du cours du seigle, ou jouant aux dés. Je m'assis en retrait. Derrière un vieux comptoir, un grand barbu à la tête plate essuyait des écuelles avec un torchon sale. Mon odeur de transpiration se mêla aisément aux effluves de pieds et d'aisselles.

— Salut, gamin ! Qu'est-ce que tu veux ?

Baissant les yeux vers moi, il tressaillit de frayeur.

— Calme-toi ! J'vais point t'manger. Du vin, lui répondis-je sans réfléchir.

Je n'en avais jamais bu, mais j'en avais souvent subi les effets par le truchement des foudres paternelles.

— T'as de quoi payer ?

Le regard triomphant, j'ouvris ma main sur les pièces.

— Oh, monsieur est riche ! Je veux point savoir où tu les as volées !

Quelques secondes plus tard, un verre en bois rempli à ras bord d'un liquide rougeâtre trônait devant moi. Je m'en saisis, et le vidai d'une traite.

— Doucement, gamin ! Vu ton gabarit, tu vas faire long feu.

Ma gorge s'embrasa. Je pouvais suivre le parcours du liquide à travers mes boyaux. Je grimaçai tandis que mon front commençait à perler. Je m'essuyai la bouche avec ma manche et regardai le patron.

— Quoi ? Comment ça « je vais faire long feu » ?

— C'est une expression… Rapport au canon…

— On dit « tu vas point faire long feu » ! J'ai entendu ça sur l'marché.

— Oui mais les gens se trompent. Parce que « faire long feu », en fait, ça veut dire que la poudre de ton canon, elle…

— Un aut' !

— Quoi ?

— Sers-m'en un aut' !

Quelque peu vexé, le barbu repartit derrière son comptoir pour remplir mon verre. Lorsqu'il le posa devant moi, il reprit :

— Parce que tu vois comment c'est fichu un canon ? La poudre et tout ça ? En fait, quand la poudre…

J'avalai le vin d'un trait. La douleur fut moindre, comme si on ne pouvait pas incendier un terrain déjà brûlé.

— Eh ben ! Faut m'dire si mon histoire te saoule ! Même si j'ai l'impression que c'est point mon histoire qui t'fait cet effet-là.

Ma tête me chauffait. Mon estomac me brûlait.

— D'ailleurs, tu sais d'où ça vient l'expression « saoul » ? En fait, c'est les…

— Un aut' !

— Attends, je t'ai point expliqué…

— UN AUT' !!

Le barbu sursauta, puis repartit derrière son comptoir. Je tentai de reprendre mes esprits. En levant la tête, je vis le plafond qui commençait à tourner.

— Tiens, gamin ! Après tout, ça t'soulagera des malheurs de la vie. C'est pas facile pour vous aujourd'hui. Moi je me souviens quand j'avais ton âge, on avait point les problèmes de maintenant. J'ai l'impression que depuis que le roi…

Je vidai mon verre.

— Encore un cul sec, dis donc ! Tu sais d'où ça vient « cul sec » comme expression ?

— J'ai hâte de… J'ai… hâte de…

Mon cerveau articulait des phrases mais ma mâchoire ne suivait plus.

— De savoir ? Eh bien, c'est très simple. En fait, l'expression « cul sec », ça nous vient des…

— UN AUUUUUUUUT' !!!

Petit à petit, la réalité devenait légère. Je n'étais plus ce garçon des rues, difforme et sans le sou. Je flottais dans un éther d'insouciance. J'avais l'estomac en feu mais le cœur joyeux.

— Parce que, en fait, moi quand j'avais ton âge…

— UN AUUUUUUUUUUUUT' !

Je ne vis même plus le barbu repartir. Ni revenir. Ni ce qui se passa ensuite. Je repris connaissance dans un fossé, le lendemain matin. Je tâtai ma bourse. Plus rien. J'essayai de rassembler mes souvenirs. Rien non plus. Au-dessus de moi, une corneille croassait.

Les jours suivants, la survie reprit son cours. J'errais de places en places, de faubourgs en faubourgs, ramassant quelques fruits pourris tombés d'un chariot, dormant à même le sol dans des recoins sales. J'attendais impatiemment les jours de foire, où dans la ville abondait une foule dense de marchands et d'acheteurs. Bref, une journée idéale pour mendier. Une ville en fête avec son lot de troubadours, de pèlerins, de gamins qui couraient partout.

Par un bel après-midi de printemps, un petit blond, haut comme trois pommes, le sourire enjôleur et les genoux cagneux, s'approcha, planta son regard dans le mien et lança bien fort à l'un de ses copains en me pointant du doigt :

— Hé, regarde ! Y'a une gargouille qui s'est échappée !

Je me savais vilain, je me savais à part, mais je ne comprenais pas le rejet. Qu'est-ce que la beauté ? La norme ? La symétrie, la régularité ? Les proportions de la cathédrale Saint-Louis ? C'est précisément ce que moi, je trouvais laid. Trop attendu, trop millimétré. Conçu pour plaire aux puissants. « Regardez, monsieur, comme j'ai bien respecté toutes les règles ! Vous êtes content, hein ? » L'art ne devrait pas tolérer la perfection. J'aimais le *presque*, le *loupé*, le *dommage*. Je le portais sur ma tête, depuis ma naissance. On ne m'avait jamais dit que j'étais beau. Tant pis.

Sitôt la raillerie du gamin lancée comme une flèche, l'autre fut pris d'un fou rire de tous les diables, contagieux, qui ricocha dans les oreilles des badauds alentour, lesquels peu à peu tournèrent la tête vers moi. J'entends encore la blague qui se répète et le murmure qui enfle. Bientôt l'attroupement qui me toise, l'hilarité générale. Je me souviens des yeux du gamin fier de sa trouvaille. Je me souviens de ceux crépitant des adultes, de leur mâchoire grande ouverte. Et d'avoir baissé la tête. Par habitude. Par lassitude.

Une gifle partit. Puis deux. Puis une autre. Je sentis ma tête valdinguer dans tous les sens, mon corps tomber au sol, les coups pleuvoir dans mes côtes et sur mon dos, sous les rires et les cris de la foule. Encore elle.

— Tiens ça t'fera une autre bosse. Elle s'ennuyait toute seule !

— Prends ça ! Au moins, tu boiteras pour quelque chose !

Un coup de pied en plein visage manqua de me faire perdre connaissance. Je me protégeai, comme je le pouvais, de mes petits membres. Soudain, une voix plus forte que les autres tonitrua :

— Suffit ! Arrêtez tout !

Les coups cessèrent. Le raffut aussi. J'entrouvris les yeux. Un homme au torse nu broussailleux et aux muscles saillants tenait tout le monde en respect.

— Que croyez-vous que l'Seigneur tout-puissant pense de vot' comportement ? N'avez-vous point honte ?

Certains n'osaient pas le regarder.

— Visez un peu ce pauv' bougre ! Il est sale comme un cochon et bête com' un âne. Et vous l'accablez encore davantage ?

Personne ne se risqua à répondre. Au loin, on entendait un cheval hennir.

— R'gardez-moi c'te tignasse d'or sur laquelle pullulent les créatures du démon. Y a qu'une seule chose à faire !

L'homme s'approcha de moi sous les regards interloqués de l'assistance. De sa grosse main, il m'attrapa les cheveux et me souleva du sol. Je hurlai de douleur.

— Libérons-le du mal !

D'un coup, la foule se mit à rugir. Une lame froide glissa sur mon crâne. Des touffes tombèrent à mes pieds.

— Allez ! Allez ! Coupe ! Coupe !

L'homme me tenait désormais par la nuque et poursuivait sa besogne. Je me laissais faire, muet, tétanisé, comme absent au milieu de la rage aveugle. Je n'éprouvais même plus de douleur, ni de peur. Même les émotions m'avaient abandonné.

— Peignez-lui une croix sur la tête, et bénissez-le comme vous l'voulez !

Il me lâcha et les coups recommencèrent à pleuvoir. Roulé en boule sur le sol, je sentis quelqu'un m'attraper le menton, puis la caresse froide et mouillée d'un pinceau sur mon crâne. J'essayai de me relever, me protégeant la figure, tentant de fuir cet ogre à mille bras.

Le souffle coupé, je réussis à m'extirper du piège et m'élançai dans les rues tortueuses avec la folle envie de retrouver la maison familiale, ce cauchemar quotidien, mais familier. Les larmes brouillaient ma vue. Je courais en aveugle. La peinture coulait dans mon cou.

Je passai la porte.

— Manquait plus qu'lui ! Et sans ch'veux en plus ! s'écria mon père, ivre de colère.

À ses côtés, mon frère et ma sœur sanglotaient. Sur le lit maculé de sang, ma mère allongée à demi nue, le regard vide, maintenait contre sa poitrine un nouveau-né sanguinolent.

— C'est l'cinquième qu'on perd et çui-là est toujours vivant ! Je m'demande si y a un bon Dieu ! reprit-il.

Ma mère ne disait rien. Ne regardait rien. J'aurais voulu m'approcher d'elle, la réconforter, sentir sa chaleur, son souffle. Mais mon père se remit à beugler.

— Dégage de là ! On veut plus d'toi ici !

— T'es une malédiction ! cria ma mère dans un sursaut, avant de s'effondrer sur sa couche.

Je baissai la tête et partis en claudiquant.

— Hé, Laid'ron ! Attends !

Alors que je venais de franchir la porte, je reconnus la voix de mon frère. Il me regardait de ses yeux lourds et me tendait deux bouts de bois.

— Ça t'fera des béquilles.

— Merci…

— Ne dis rien à personne. Et apprends à t'battre plutôt que de subir. La prochaine fois qu'un autre t'emmerde, crève-lui les yeux, le bide. Tout ce que tu peux crever, tu lui crèves. Ça lui passera l'envie d'recommencer.

Je ne lui connaissais pas ce regard. C'était la première fois depuis ma naissance qu'il s'adressait à moi sans m'humilier. La tiédeur de ce crépuscule d'automne donnait à ce moment une douceur inattendue. Autour de nous, la nuit n'en finissait plus de tomber. Moi non plus.

— Prends soin d'toi, ajouta-t-il.

Qu'est-ce à dire ? N'est-ce point aux autres de s'en charger ? Que puis-je y faire, moi, si ma présence est une insulte au monde ?

— Avec la gueule qu'ils m'ont faite, ça s'ra encore plus facile pour faire pitié, lui répondis-je.

Il sourit.

— Nicolas, viens donc nous aider à enterrer l'machin !

Il haussa les épaules et disparut dans la maison.

Épuisé, je m'endormis dans un coin de rue, au pied d'un tas de bois, et fus réveillé à l'aube par des coups de pied.

— Allez, ouste ! On a du boulot !

J'entrouvris les yeux. Un gros moustachu fronçait d'épais sourcils et me menaçait d'un saucisson sec. C'était jour de foire, encore. Tant mieux. Je me levai péniblement et passai ma main sur mon front. Quelques bosses avaient remplacé ma tignasse.

Personne n'ayant envie de s'attarder, ni de se faire suivre trop longtemps par un gnome chauve et crasseux, la recette était bonne et la perspective d'un repas se rapprochait. Cependant, j'avais froid à la tête. Un vieux pantalon qui séchait à une fenêtre fit l'affaire. Je le nouai au-dessus de mes oreilles et me mis en quête de quelque pitance à mettre sous la dent. Déjà, je salivais en pensant à un bouillon de lard ou à une cuisse de coquelet.

— Tiens, voyez qui va là ! La gargouille ! R'gardez, c'est la gargouille qui r'vient ! Elle a mis une culotte sur sa tête ! Hé, r'gardez !

Ces quelques mots m'arrachèrent à mes rêveries. À peine le temps de lever les yeux, et tout recommença : les hurlements, les cris, les rires pareils à des sacs de pierres qui se déverseraient sur moi. Le cauchemar revenait. Les douleurs se ravivaient.

Et mon dos se courba une fois de plus sous le poids de la honte.

Quelle force me poussa à me redresser instantanément ? Je l'ignore encore. Un instinct. Un réflexe de survie. Un goût de trop-plein. J'avais trop encaissé, trop baissé la tête vers mes pieds terreux, compris que je ne serais jamais comme les autres – les pas bossus, les pas balafrés, les pas bancals, les pas petits, les pas vilains. Mon regard se planta dans celui de mon assaillant et je m'entendis lui lancer haut et fort :

— C'est plutôt toi qu'aurais dû fiche une culotte sur ta tête !

Partie de mon ventre, cette voix traversa tout mon corps, malgré moi, par-delà moi. Elle était forte et assurée, tranquille et puissante. La foule se calma. Le gamin fronça les sourcils.

— Qu'est-ce qui t'arrive, l'affreux ? Pourquoi m'couvrir d'une culotte ?

— Parce que ta mère t'a fait une sacrée tête de cul !

Je me souviens d'un court silence, comme un monstre qui se tapit avant de bondir. Puis un fracas. Des rires qui éclatent comme des vagues sur un rocher, des larmes qui roulent sur les joues, des corps déformés par les secousses.

— Qu'est-ce qu'il a dit ? entendait-on par-ci par-là.

— Que sa mère lui avait fait une tête de cul !

Les rires reprirent de plus belle. Devant la mine défaite du gamin, je restai là, rempli de fierté. Pour une fois, le destin me souriait.

*

* *

La brume s'écarte peu à peu. Je prends une grande respiration. L'air est encore frais mais la journée s'annonce douce. Repenser à ce moment me donne le vertige. En un instant j'avais saisi la puissance du verbe, la force de la repartie. J'avais fait basculer la situation à mon avantage, expérimenté une défense qui se mue en attaque. Je m'en souviens comme d'une découverte d'un don, d'un trésor, d'un pouvoir. Tel un magicien qui trouve une formule secrète pour changer le plomb en or. L'aplomb en or.

Quel jeu de mots lamentable ! ne puis-je m'empêcher de penser.

Plus je grandissais – disons « plus je vieillissais », tant ma croissance semblait bloquée à peine au-delà de quelques coudées –, plus j'éprouvais les limites de la mendicité. Blois était une ville de taille modeste et ma réputation me précédait. Mes techniques s'émoussaient.

J'en fis l'amer constat en officiant devant l'église Saint-Nicolas, un dimanche matin. Mon écuelle plus vide qu'à l'accoutumée, le désespoir me gagna.

— Tu n'as point l'air très en forme, mon ami.

Je levai la tête. Un homme d'Église en tenue, tonsure impeccable et sourire aux lèvres, se tenait devant moi.

— Entre dans la maison du Seigneur.

Mis à part dans la furie qui suivit ma sortie de prison, et malgré le temps passé à arpenter son parvis, jamais je ne m'étais senti autorisé à en franchir le seuil. Dorures et magnificences : ce n'était clairement pas ma place.

— Je… Je ne sais point, bredouillai-je.

— Le Christ t'accueille chez lui, comme tu l'accueilles dans ton cœur. Le Christ t'aime.

— C'est bien le seul, répondis-je.

Le religieux me regarda avec une infinie douceur.

— Le Christ a de l'amour pour tous les hommes, pour toutes les femmes, pour toutes les créatures de cette Terre. De manière égale. Un amour inconditionnel. Viens et laisse-toi pénétrer par la lumière divine.

Il me prit par la main et nous entrâmes tous les deux dans la nef. Le soleil qui perçait les vitraux colorés se reflétait sur de larges piliers. Au-dessus de nos têtes, la voûte semblait flotter dans l'air, défiant le vide. J'en eus le souffle coupé. La foule était là, assise, murmurante.

Je m'assis sur un banc. Devant moi, la coiffe fatiguée d'une vieille dame me bouchait la vue. Je tâchai de me décaler, mais rien n'y fit. Agacé, je me levai et remontai l'allée vers les premiers rangs.

— Non, non, non ! me rattrapa mon nouvel ami.

— Au fond, je vois rien…

— Oui, je comprends. Mais ici, ce n'est pas possible…

— Si, y'a de la place r'gardez !

— Oui, il y a de la place. Mais ce n'est point la tienne.

— Pourquoi ?

Autour de moi, quelques hommes en riches pourpoints commençaient à s'agacer du raffut.

— Mon ami, point d'esclandre, me sermonna l'ecclésiastique.

Quelques bigots poussèrent un soupir. Je sentis leur souffle rance sur mes épaules.

— Voilà, tu seras bien ici, me dit-il en m'indiquant un emplacement en hauteur, dans un coin sombre, entre deux grosses pierres.

Je fis mon possible pour me hisser et ainsi assister au spectacle qui commençait, alternant prise de parole dans un langage dont j'ignorais tout, et rituel auquel je ne comprenais rien. Se lever, répéter des choses, se rasseoir. Je tentai malgré moi de suivre cet étrange manège.

— Ça va ? entendis-je chuchoter dans le creux de mon oreille.

Je sursautai en laissant échapper un cri strident. Quelques rangées se retournèrent vers moi en pestant. Le religieux s'était glissé à côté de moi sans que je ne m'en aperçoive.

— Euh… Oui… J'comprends point grand-chose mais…

— C'est la parole de François d'Assise.

— Ah…

— C'était le fils d'une riche famille, devenu un saint homme en épousant « dame pauvreté », se dépouillant de tous les biens matériels qui nous éloignent de la grâce de Dieu. C'est beau, n'est-ce pas ?

— Euh…

— La véritable richesse est celle que tu héberges dans ton cœur. Elle n'est rien d'autre.

— À propos d'richesse, z'auriez point quelques sous parce que c'est bien gentil vos…

— Ton cœur a besoin de repos et d'amour. Écoute-le, et écoute la parole du Seigneur.

— Mon cœur p'têt ben, mais mon estomac a besoin d'un bout d'pain.

— La nourriture terrestre est celle qui…

Jamais je n'entendis la fin de sa phrase. J'avais bondi au sol et pris la direction de la sortie. Alors que je m'approchais de la porte, je vis une vieille dame affolée se signer en me regardant. Je lui tirai la langue.

— Heureux les simples d'esprit, le royaume des cieux leur appartient, l'entendis-je marmonner.

Avait-on déjà entendu une phrase aussi stupide ? Fallait-il donc être sot pour habiter leur royaume ? En y repensant aujourd'hui, devant l'étendue du ciel bleu qui dorénavant se dévoile, mon esprit reste frappé par la même perplexité. En même temps que me revient en tête une bien joyeuse rencontre.

— AÏE ! LIBÉREZ ! AÏE ! SECOURS !

À la tombée de la nuit, à l'angle d'une rue déserte, trois gamins martyrisaient un pauvre malheureux attaché à un poteau, lui jetant des pierres et lui assenant de grands coups de pied dans les genoux. Le sort qui m'était d'habitude réservé semblait, pour une fois, s'acharner sur un autre.

— Qu'est-ce que vous faites là ?

Leur visage devint stupeur, comme si une créature de l'enfer était venue troubler leur élan. J'étais habitué.

— Ah, mais c'est l'affreux de la place ! Celui qui a démoli p'tit Richard, s'écria l'un d'eux avec effroi.

Je compris que l'histoire avait circulé jusqu'à leurs oreilles, et qu'ils ne semblaient pas d'humeur à se faire humilier à leur tour.

— Qu'est-ce que vous faites ?

— Rien ! On joue à Caillette !

— C'est quoi ça, « jouer à Caillette » ?

— Caillette, c'est lui ! me dit l'un d'entre eux en désignant le pauvre homme qui hurla plus fort encore.

— AÏE ! LIBÉREZ ! AÏE !

— On l'appelle Caillette pa'ce qu'il est blanc et qu'il pue comme du lait qu'aurait caillé !

En effet, ce grand jeune homme dégingandé semblait terrifié, ce qui n'arrangeait rien à sa pâleur. Et qu'il se soit déféqué dessus n'arrangeait rien à son odeur.

— Qu'est-ce qu'il vous a fait ?

— Rien, c'est le jouet du roi ! Mais nous aussi on veut jouer avec ! Pa'ce que nous aussi on est des rois !

— Le jouet du roi ?

— AÏE ! LIBÉREZ ! AÏE !

— Oui, c'est Caillette, l'fou de not' nouveau et bon roi Louis le douzième ! Il vient d's'installer au château !

Jamais je ne m'étais intéressé aux destinées des souverains, des seigneurs, des princes. Je ne savais ni lire ni écrire, et personne n'avait pris le temps de me conter ces histoires. Qu'aurais-je d'ailleurs eu à voir avec ces batailles, ces alliances, ces couronnes ? Qu'aurait changé à ma vie le fait de savoir que jusqu'alors, je vivais sous Charles VIII, qui était parti à la conquête du royaume de Naples, qui avait épousé Anne de Bretagne, et qui était mort héroïquement en se cognant la tête contre un linteau de porte en allant voir une partie de jeu de paume ? À part apprendre que les rois, malgré leur prétendue ascendance céleste, trépassent comme des débiles.

— Allez, fichez l'camp ! Laissez-le tranquille, sinon je raconte tout demain sur la place, dis-je en brandissant mon poing en direction des gamins qui déguerpirent.

— AÏE ! LIBÉREZ ! LIBÉREZ !

Je mis quelques secondes pour délier les nœuds et délivrer ce pauvre Caillette.

— Merci. Toi. Merci !

— Ça va ! Mais faut plus t'laisser faire, Caillette !

— Oui. Moi. Caillette. Bobo. Tête.

— J'comprends. Ils t'ont balancé des pierres sur la tête.

— Non. Moi bobo tête. Moi, toc-toc ! Moi fou !! Moi Louis douzième. VIVE LE ROI ! hurla-t-il.

— D'accord... Mais tu dois point t'laisser faire, tu comprends ? Tu dois t'défendre. Rendre coup pour coup.

— Coucou !

— C'est point simple de parler avec toi...

— C'est normal, il est fou. C'est même le fou officiel de notre bon roi, entendis-je derrière moi.

Un élégant jeune homme, au regard clair, avec des cheveux noirs, moustache fine et buste élancé dans un costume en velours, se tenait debout, à quelques pieds de moi.

— Je m'appelle Le Vernoy. Je travaille au service de notre bon roi et je vous remercie d'avoir aidé notre brave Caillette.

— Euh… C'est normal.

— Tenez, prenez ceci comme récompense, ajouta-t-il en me tendant trois pièces.

J'acceptai volontiers et baissai la tête en signe de gratitude.

— Quant à toi, Caillette, je te répète de faire attention. Tu appartiens au royaume. Tu n'as pas le droit de t'échapper de ton enclos.

— CLOOO !

— Il appartient au royaume ? interrogeai-je.

— Oui, je te l'ai dit. C'est le fou de notre bon roi.

— Oui. Moi fou ! Moi fou ! Vive le ROI !

— Calme-toi !

— J'comprends rien.

— Il est quelque peu ailleurs dans sa tête.

— OUI ! COUCOU !

— Chuuut !!

— Et alors ?

— C'est tout. Ça divertit beaucoup le roi quand il a besoin de se détendre.

— Caillette est à la cour pour divertir le roi ?

— C'est cela.

— Nourri par le royaume parce que… fou ?

— VIVE LE ROI ! MOI, CAILLETTE !

— Oui. Filons maintenant. Et rentrons au château. Caillette, tu dois être en forme pour la grande parade de demain.

— VIVE LE ROI ! MOI, CAILLETTE !

— À bientôt, Caillette ! Et n'oublie point, ne t'laisse point faire. Tu rends coup pour coup !

— COUCOU !

Je n'avais jamais vu un roi. Sauf ceux qu'on brûlait lors de la grande fête du carnaval. J'aimais ces moments où tout était permis. Où les faibles deviennent forts. Où les puissants sont moqués, pendus, brûlés. Tout du moins leur effigie. J'aimais ce grand défouloir même éphémère, même si tout revenait bien trop vite à la normale, comme si rien n'avait eu lieu, comme si le rire était le seul moyen de canaliser les souffrances des gueux.

Mais cette fois, c'était le vrai roi, en chair et en ors, qui s'apprêtait à battre les pavés de ma ville. Un long corridor avait été installé au milieu des rues, et des gardes en armes veillaient à ce que personne ne dépasse les cordages. Toute la ville était dehors. Chacun avait sorti ses plus beaux linges. Aux fenêtres, des drapeaux azur frappés d'une fleur de lys ondulaient sous un faible vent. Sur les places, les musiciens répandaient la joie et faisaient tourner les âmes au son de leurs instruments. Partout, on riait, on dansait, on parlait.

— Il paraît qu'il va baisser les taxes, c'est not' bienfaiteur, entendait-on, çà et là.

Malgré ma crasse et mes guenilles, je tentai une fois de plus de me faufiler pour accéder à une bonne place. Après quelques efforts, je réussis à me glisser tant bien que mal jusqu'au bord du parcours, avec vue imprenable sur la chaussée poussiéreuse. Il devait être non loin de midi et le soleil tapait fort sur les pavés brûlants. Mes pieds commençaient doucement à cuire.

Mais j'attendis. Longtemps. Très longtemps. Autour de moi, la foule s'impatientait, piétinait. Par chance, une grosse dame placée juste à côté de moi me faisait de l'ombre. Je bénissais, à chaque instant, cet abri de fortune. À une fenêtre, un jeune ménestrel jouait de la flûte.

— Il va arrêter sa musique de Lucifer, ou j'lui rentre sa flûte dans la glotte ! entendis-je crier.

— Laissez-le s'exprimer ! C'est un artiste, et paraît-il que notre nouveau roi les adore ! répondit une autre voix.

— Il aime p'têt les artistes. Mais que pense-t-il d'un bougre incapable de sortir d'une flûte aut' chose que le bruit d'un chat qu'on empale parderrière ?

Certains riaient. D'autres râlaient. Moi, je ne sentais plus mes pieds. Mon corps n'était que sueur. Et j'attendis encore. Soudain, je perçus un léger vacillement. Les jambes de la dame à mes côtés flageolaient et menaçaient d'abdiquer. La foule dense m'empêchait de me décaler. J'étais coincé sous le danger, comme au pied d'une tour prête à s'effondrer. Ses tremblements cessèrent. Je soufflai. Et continuai d'attendre.

De l'autre côté de la rue, une jeune fille se tenait dans les bras d'un homme qui la dévorait des yeux. Parfois, il lui murmurait à l'oreille. Je voyais ses joues rosir. Que pouvait-il bien lui dire ? Quelle folie les avait donc atteints ? Pourquoi demeurer si proche dans cette chaleur étouffante ? Sous l'effet du vent, la longue robe de la demoiselle se soulevait, dévoilant des chevilles fines, des mollets fermes. Je laissais mon regard s'y poser, fasciné par le va-et-vient du tissu.

Depuis quelques années, j'avais compris l'effet que pouvait produire sur moi ce genre de vision. Ce qui m'avait d'abord semblé être la manifestation d'une maladie due à un réveil trop brutal n'était en fait qu'une source intarissable de réjouissances, l'expression de mon corps, qui devenait soudainement un allié. Depuis cette découverte, dès que je le pouvais, je soulevais ma tunique et m'oubliais au monde pendant quelques minutes, m'imaginant avec une donzelle croisée au marché, ou une servante qui frottait le sol. Je laissais aller mon imagination, tour à tour chevalier servant ou brave soldat, oubliant ma gueule de travers et mon corps biscornu. Je m'inventais un monde où je régnais en maître.

Ainsi, devant ce doux spectacle, je glissai délicatement ma main jusqu'à saisir la source de mon divertissement favori. Je m'empoignai fermement, me rêvant à la place de l'homme, respirant le cou de la demoiselle, palpant sa chair souple. Soudain, un cri s'éleva de la foule. Ma tête percuta lourdement le sol.

— Oh mon Dieu ! Elle s'est évanouie.

Sur moi. Les jambes de la grosse dame avaient fini par se dérober, et bloquaient la mienne sous son poids. Les gens autour de nous s'écartèrent.

— De l'eau ! Vite !

— Faites circuler le sang ! Redressez-la !

— Oui, redressez-la, j'veux bien, criai-je.

— Attendez, il faut la faire basculer par l'avant.

— Attention, ma jambe !

J'essayai d'attirer l'attention mais je restais invisible.

Quelques secondes plus tard, un jeune homme versa une bassine glacée sur la figure de la dame. L'eau qui m'éclaboussa éteignit définitivement mes ardeurs. Mais pas ma panique. D'où j'étais, je ne voyais que des mines inquiètes tournées vers le visage aux yeux clos. Deux hommes costauds se saisirent de ses bras et de ses jambes et tentèrent de la faire pivoter. Ma cheville tourna. J'hurlai.

— Oh, ça va ! Calme-toi ! T'as rien d'cassé ! pesta l'un d'eux.

— Enfin point plus qu'avant ! railla l'autre.

Quelques personnes pouffèrent. Puis les deux hommes redoublèrent d'efforts et je parvins enfin à me dégager. Le bas de ma jambe avait doublé de volume. Je me levai précipitamment pour, à cloche-pied, reprendre immédiatement ma place. Pourquoi ? Je ne sais pas. Que faisais-je là ? À me liquéfier sous un soleil de plomb. À me faire écraser par des grosses dames en sueur. Pour un spectacle dont je n'avais cure. Avais-je juste simplement suivi le mouvement ? Étais-je, sans m'en rendre compte, devenu pareil à ces moutons que l'on guide d'une seule voix ? Un simple élément du troupeau ?

— Hourra !

— Vive le roi !

— Gloire au souverain !

La foule s'agita. Au loin, les sabots des chevaux marquaient la cadence. Les cloches se mirent à sonner dans toute la ville. Tout le monde se redressa, et tendit le cou.

Quelques instants plus tard, la silhouette altière du roi apparut, flottante, presque irréelle, dans la chaleur et l'excitation, juchée sur un grand cheval noir drapé d'une étoffe rouge et or, protégé par un dais brodé d'étoiles. Son épée reflétait le soleil.

Son regard franc contemplait ses sujets du haut de sa grandeur.

— Où qu'est la reine ? demanda quelqu'un dernière moi.

— Paraît qu'il la cache tellement qu'elle est vilaine, répondit une autre voix.

— Quelle horreur ! Une reine laide ! Heureusement qu'le roi est sublime ! Gloire à lui !

Lentement, le majestueux cortège se rapprochait. Je distinguais à présent des pages vêtus de velours, empanachés de plumes. Des hommes en armes, portant cuirasses aux coutures d'acier, entouraient le souverain, certains sur des chevaux, d'autres à pied.

— Oh, les chevaliers ! s'exclama un enfant. Plus tard, j'en s'rai un !

L'espace d'un instant, je m'imaginais, moi aussi, sur une de ces montures somptueuses qu'on pourrait penser taillées dans le marbre par ces artistes maniant courbes et angles, comme moi pitié et miséricorde. À quoi ressemblait mon armure ? En faudrait-il une sur mesure pour y loger ma bosse ? Ou alors s'agirait-il d'en prendre une plus grande et de combler l'espace avec de la paille ? Mais alors une simple torche aurait servi à m'embraser tout entier ? Et on aurait conté partout la légende du « flamboyant chevalier tordu ». Et on aurait ricané par monts et par vaux…

— ROI ! ROI ! LUI MERCI ! ROI !

J'écarquillai les yeux. Caillette, éblouissant dans un costume vert et jaune, chapeau à grelots sur la tête et souliers à pompon aux pieds, me souriait en sautillant sur place. J'eus envie de le serrer dans mes bras mais un garde arrêta mon élan. Devant nous, sur un cheval, je reconnus Le Vernoy. Je l'entendis s'adresser au roi :

— C'est le jeune homme qui a sauvé la vie de notre bien-aimé fou, sire.

Délicatement, Louis XII tourna la tête dans ma direction. De lui émanaient une assurance puissante et une bonté certaine. Son regard accepta le mien, sans recul, ni dégoût.

— Tu es bien valeureux. Comment t'appelles-tu ?

Je me souviens encore de sa voix. Douce et autoritaire. Celle d'un seigneur qui ne craint pas son peuple. Je me souviens de ma réponse :

— J'm'appelle jamais...

Ses lèvres minces, d'abord crispées, presque invisibles, esquissèrent un sourire.

— Passe sous la corde et suis-nous !

Je mis quelques instants à comprendre.

— Mets-toi au côté de Caillette !

— Viens là, insista Le Vernoy. C'est un ordre royal.

J'élançai mon pied en leur direction. Quand il toucha le sol, la douleur me déchira la jambe. Je m'affalai dans la poussière devant toute l'assistance.

Le rire du roi retentit. Puis, se penchant vers Le Vernoy, il reprit :

— Finalement, deux débiles valent mieux qu'un !

*

* *

Enfant, je venais souvent me réfugier sous ce châtaignier. J'y apaisais ma peine. Aujourd'hui, il est toujours ce compagnon solide, muet et loyal qui me protège des tempêtes. Son corps noueux et puissant me rassure. Ses branches semblent partir des bas-fonds pour s'élever jusqu'au ciel. Je pensais à ces branches en faisant mon entrée dans la cour du château. Je levai la tête. La splendeur du lieu me saisit. De grandes arcades se croisaient au-dessus de moi, de larges poutres en bois se mariaient à la pierre blanche, une chapelle majestueuse semblait toucher les nuages. Autour de nous, des hommes, pourpoints colorés, chapeaux ajustés, épées au fourreau, croisaient des femmes en robes serrées à la taille par des ceintures de soies.

— Allez, avance, me pressait Le Vernoy.

Nous contournâmes un mur d'enceinte pour arriver devant un enclos entouré de palissades. Quelques poules fouillaient la terre battue devant une petite cabane en bois vermoulu.

— Voici ta maison.

Il poussa la barrière et me laissa entrer.

— COUCOUUUUUUUUUUU !

— Celui que tu viens d'entendre, c'est Fifi.

— FIFIIIIIIIII !

Accroché par une patte à une chaînette, un perroquet décortiquait une pomme. Il leva la tête. Caillette sortit de la cabane.

— FIFIIIIIIII !

Je ne savais plus qui de Caillette ou du perroquet criait. Au ras du sol, une masse sombre couverte d'épines se déplaçait lentement vers nous. Je reculai d'un pas.

— Je te présente aussi Auguste. Le porc-épic du roi. C'est aussi son emblème. Et la devise du royaume : « *Cominus et eminus* », « de près et de loin », qui signifie qu'il peut se défendre si on l'approche, mais aussi attaquer en lançant des piquants. Enfin ça, c'est la légend...

Il s'arrêta net.

— Je ne sais point pourquoi je te raconte tout ça. Tu ne sais sans doute même pas faire la différence entre un porc-épic et une vache.

— Bah si, j'ai connu Aliénor...

Le Vernoy planta son regard dans le mien.

— Aliénor ? Notre gloire d'Aquitaine, figure de courage et d'abnégation ? C'est elle que tu compares à une vache ?

Je ne comprenais pas.

— J'aimerais que tu mesures ta chance d'être un authentique idiot. Sans quoi je t'aurais déjà transpercé.

— Mais…

— Tais-toi, sot. Je viendrai te chercher quand on aura besoin de toi. Reste à ta place. Et ne t'avise point de t'échapper pour traîner dans le château. C'est un coup à te prendre des coups !

— COUCOU ! CAILLETTE COUCOU !

— COUCOUUUUUU ! FIFIIIIII !

Je m'assis par terre et me bouchai les oreilles.

— Hi hi ! R'garde le nouveau ! Il est moche comme un pou et il pue comme un bouc ! Tiens, p'têt qu'il mange de ça !

— Oh oui ! Balance-lui, Ernestine !

Des épluchures s'étalèrent sur mon visage encore endormi. J'avais passé outre les hurlements de mes nouveaux compagnons et sombré dans le sommeil. Des ricanements achevèrent de me réveiller. De l'autre côté de la barrière, une servante aux traits maigres tenait dans sa main le seau qu'elle venait de vider sur ma figure. Près d'elle, une petite fille blonde longiligne aux yeux clairs me tirait la langue.

— Tu veux toucher sa bosse, Lisette ? Y paraît qu'ça porte bonheur !

— Non, j'ai peur ! R'garde, y bouge !

Je me redressai péniblement, et me grattai la joue. Elle était couverte de terre séchée.

— Bonjour ! les saluai-je.

Lisette poussa un petit cri et se réfugia derrière Ernestine.

— Ne crains rien de lui ! S'il v'nait à nous courir après, on s'rait tranquille ! Regarde la taille de ses pattes.

Lisette rit. Un rire d'enfant. Innocent et cruel.

— Allez, va toucher sa bosse, insista Ernestine.

— Elle t'gêne ? répondis-je. T'aimerais avoir la même chose dans ton corset pour qu'on t'confonde point avec une sole ?

Je ne saurais dire si Ernestine fut davantage surprise par ma réplique ou par le gloussement de Lisette. Elles se regardèrent et partirent dans un fou rire qui me fit m'esclaffer également. Le raffut réjouit Caillette qui cria :

— COUCOUUUUUUU !

— FIFIIIIIIII ! s'écria le perroquet.

Les poules s'enfuirent en caquetant.

— Que se passe-t-il par ici ?

Personne n'avait vu venir Le Vernoy, toujours aussi élégant dans un manteau d'étoffe noire, coiffé d'un chapeau en feutre bleu aux bords relevés.

— Qu'es-tu en train de tribouler, toi ?

Son ton sec me passa l'envie de rire.

— C'est elles, m'sieur.

Le Vernoy dévisagea les deux servantes encore rouges d'émoi.

— Que faites-vous ici ?

— Rien, maître ! On s'amusait juste avec not' nouvel hôte !

— Il s'agit d'un jouet royal. Point le vôtre. Fichez le camp.

— D'accord ! Salut, Triboulus !

— À bientôt, Triboulette !

Je les saluai d'un signe de la main. Le Vernoy se rapprocha de la barrière.

— Écoute-moi bien. Le roi donne une grande réception dans trois jours, et il veut y voir sa nouvelle distraction. Tiens-toi prêt. Je t'envoie un tailleur demain pour qu'il prenne tes mesures. Il faut que tu sois beau. Enfin… Disons… présentable. Pour le reste, je ne me fais point de souci. Contente-toi d'être toi-même : sot.

« Être moi-même » était-il devenu ma profession ? « Sot » était-il un corps de métier ? Quoi qu'il en soit, j'étais mieux là qu'à arpenter les rues pour quelques sous. Ici, j'allais être certainement mal nourri, mais nourri quand même. Mal logé, mais logé quand même. Mal considéré, mais considéré, enfin.

Autour de moi, le calme était revenu. Quelques poules fouillaient le sol. Le perroquet mettait de l'ordre dans ses plumes. Je m'avançai vers lui.

— FIFIIIIII ! hurla-t-il.

— À force d'entendre ton nom, tu l'as appris ?

— FIFIIII !

Je tendis davantage le cou. Jusqu'à esquiver de peu un coup de bec.

— T'inquiète pas, j'vais point t'manger…

Il battit des ailes. Les quelques pouces de liberté que lui laissait la longueur de sa chaîne lui permirent de se poser sur ma tête. Cela me fit rire. Dans le ciel, le soleil déclinait. Je me sentais bien. Le porc-épic vint me renifler les pieds. Son museau était humide et chaud. Il avait l'air doux malgré son profil menaçant. Allongé sur de la paille, Caillette semblait déjà dormir, le sourire aux lèvres. Les fous, comme les bêtes, ne jugent pas.

*

* *

L'hygiène n'avait jamais été un problème pour moi. La crasse était devenue une seconde peau et ma propre odeur ne m'affligeait pas. Mais ici, tout semblait différent. Je voyais au loin se promener, dans les jardins du château, des gentilshommes et des dames raffinées dans des toilettes impeccables. Un matin, un jeune page me conduisit de force, en se pinçant le nez, à une salle humide et sombre d'un sous-sol du château.

— Déshabille-toi, m'ordonna-t-il.

Je n'avais plus souvenir d'avoir un jour quitté cette tunique en lin dont la teinte avait disparu sous les taches et les moisissures. Sur les côtés, de nombreuses déchirures laissaient passer les courants d'air qui me glaçaient les os les soirs d'hiver. Mais l'idée de me retrouver nu devant un inconnu me terrorisa.

— Allez, dépêche-toi, insista le page. Même si je n'ai aucune envie d'assister à ce spectacle. Mes pires cauchemars doivent faire moins peur que ça !

Je quittai cette vieille loque crasseuse que je jetai au sol. Je me sentais faible et fragile, tâchant de camoufler mon sexe d'une main, cachant mon torse de l'autre. Le page éclata de rire.

— T'inquiète point, je ne vais pas te sauter dessus. Tu n'es point mon genre.

Cela ne me fit pas rire. Devant moi, éclairé par un flambeau, un baquet d'eau chaude fumante faisait remonter des tréfonds de mon âme de bien mauvais souvenirs. Mon reflet dans le seau d'Aliénor était gravé dans ma tête. La porte claqua. En sortant, le page croisa Ernestine qui arrivait en trombe.

— Allez, grimpe là-dedans. L'eau est propre. Vu ton état, quelque chose m'dit qu'elle n'va point le rester !

— Ça pue ici ! s'écria une autre voix.

Lisette venait d'entrer à son tour. Sa candeur fit face à ma grossière nudité. J'aurais voulu disparaître à jamais.

— À cause de qui ça pue ? À ton avis ? répondit Ernestine.

— Allez ! Saute là-dedans et décrasse-toi !

— Je… Je ne sais point nager…

Elles s'esclaffèrent.

— Alors on va commencer par la fin !

Ernestine s'approcha de moi et me saisit la nuque. Je me raidis.

— Qu'est-ce qu'vous faites ?

— Tiens-toi sage, ou on va finir par t'crever un œil ! Même si c'est à nous qu'on devrait le faire pour ne plus t'voir !

Elles gloussaient tandis qu'Ernestine me tirait par les cheveux vers un tabouret.

— Aïe ! Lâche-moi !

— Tu t'assois là, et tu bouges point.

Je frissonnai au contact du bois sous mes fesses, entendis un bruit de ciseaux et vis mes cheveux tomber au sol. L'enfance revenait décidément me hanter.

— Laisse-moi tranquille !

— Tu crois p'têt que tu peux être propre avec un nid à cafards sur la tête ? Lisette, aide-moi à le t'nir !

— Nan, Ernestine, j'veux point attraper d'maladie !

Recroquevillé sur moi-même, je gardais mes mains plaquées sur ma tête.

— Vous voulez m'écrire dessus ?

— Quoi ? Qu'est-ce que tu racontes ? T'es vraiment idiot, c'est point possib' !

Je sentis à nouveau les lames froides sur mon crâne.

— Beurk ! Y a à boire et à manger là-d'dans !

Une dernière mèche s'échoua à mes pieds.

— Maint'nant, à l'eau !

— Nan !

— En c'cas, on t'écrit sur la tête ! s'écria Lisette.

— Non !

— Alors, hop !

D'un bond, je sautai dans le baquet, éclaboussant le visage d'Ernestine.

— Mais qu'il est débile, c'débile !

L'eau me brûla. Je hurlai. Mon corps se cabra. Je voulus m'échapper mais une main sur ma tête m'en empêcha.

— Tu restes là-d'dans ! m'ordonna Ernestine.

— R'garde comme il est rouge ! On dirait une écrevisse tordue, s'exclama Lisette.

— M'fais point rire pendant que j'essaie d'le maintenir !

Impossible de fuir. J'avais accepté la défaite, m'étais résigné à finir ma vie comme un navet bouilli. Cette existence désuète, aussi courte que mes jambes, ne pouvait que s'achever dans le ridicule. J'attendais la fin. Petit à petit, l'eau se fit plus douce, devint caresse. Ma respiration se calma. La chaleur m'enveloppa. Je fermai les yeux. Quand je les ouvris à nouveau, l'eau était noire. Je détournai mon regard de peur d'y croiser le mien.

Ernestine et Lisette semblaient parties. Le page revint, des habits propres à la main.

— Sors de là et enfile ça !

— Alors, tourne-toi !

J'avais parlé avec une telle autorité dans la voix qu'il obéit sans insister. J'enfilai un pantalon en lin et une chemise propre. Sensation de luxe ultime. Apaisement.

— Eh bien, t'en fais une tête ! s'étonna le page.

— C'est que c'est la première fois pour moi… Ce tissu…

— Et t'as encore rien vu ! Suis-moi, je t'emmène chez Albert.

Quelques instants plus tard, j'étais juché sur une chaise dans une immense pièce remplie d'étoffes, de fourrures, de costumes en velours ; même le cuir brillait sous les rayons du soleil qui perçait les fenêtres.

— On peut dire que tu m'as donné du souci, toi ! C'est point des mensurations d'humain que t'as ! Cuisse de grenouille et mollet de coq, tête de courge. J'ai cru que je devais habiller une créature d'un autre monde.

Devant moi, un homme hilare, aiguilles au coin de la bouche, me toisait de la tête aux pieds. Près de lui, sur un banc en bois, trônait un étrange assemblage de soieries jaunes et vertes comprenant des collants, une jaquette en velours et une culotte du même genre.

— Voilà ton costume ! Habille-toi !

— Mais qu'est-ce que…

— Ah non, je n'ai point le temps pour tes questions ! J'ai la robe de la duchesse de Poitiers à repriser… Dépêche-toi.

Tandis que je passais un à un les vêtements, fasciné par la justesse avec laquelle ils épousaient les courbes de mon corps, Albert me contemplait avec un large sourire.

— Tu es magnifique !

Sa raillerie se mêlait à la satisfaction du travail accompli.

— Et enfin, les bottines ! Ça m'a suffisamment pris de temps !

Je n'avais jamais rien chaussé. Je peinais à y enfoncer mes orteils.

— Allez, pousse !

Le monde des va-nu-pieds résistait.

— Regarde-moi cela ! Là non plus, tu n'es point symétrique ! commenta Albert.

— C'est pour ça qu'on peut point m'casser les pieds, ils le sont déjà. Mais pour ce qu'y a entre mes jamb…

— Garde tes facéties pour la cérémonie ! T'en auras besoin. Tourne-toi que je voie à quoi tu ressembles !

Piqué au vif, je voulus tenter un entrechat pour garder la face, mais le lacet de mon pied droit, coincé sous ma bottine gauche, me fit basculer par l'avant et m'affaler sur le carrelage froid.

— C'est point gagné avec toi… Ramasse ton bonnet.

— Qu'est-ce que…

— Tu préférerais quoi ? Une coiffe de baronne ?

J'enfilai sur ma tête un grand capuchon pointu, surmonté de deux oreillettes, terminées par des grelots.

— Comme je me doute que tu ne sais rien faire de tes dix doigts, prends ça. Elle appartenait à Caillette mais il n'arrête point de la casser, alors je lui ai confisqué.

— Qu'est-ce que c'est ?

— Une marotte.

— Une quoi ?

— Tu vois le roi ? Il a un sceptre. Eh bien, toi, c'est l'équivalent…

— Euh…

— Ce n'est donc point une légende, tu ne comprends vraiment rien. Allez, fiche-moi le camp d'ici !

Je quittai la pièce, engoncé dans cette nouvelle peau. En m'éloignant, je l'entendis fredonner.

— *Pour mon souhait qui nuit et jour m'assotte,*
Je souhaite des choses non pareilles
Premièrement une belle marotte,
Et chaperon garni de grands oreilles,
Des sonnettes faisant bruit à merveilles,
Fi de souci, de chagrin et de deuil,
Danser dehait dessous buissons et sous treilles,

Bon appétit pour vider pots, bouteilles,
Et à la fin pour trésor un linceul.

Dans ma main, j'examinais cette marotte, dont la tête sculptée me regardait en retour. Étrange simulacre. Aujourd'hui encore, je reste perplexe face aux symboles. Dans une fleur de lys, je vois davantage de pétales prêts à faner que le signe de l'imperturbable pouvoir souverain.

Pourtant, de symboles, la salle d'honneur du château de Blois en était remplie. Des initiales sur les murs, gravées dans les poutres, jusque sur les grandes tapisseries qui descendaient des plafonds le long des murs percés de hautes fenêtres. Lorsque j'y fis mon entrée, les dorures, les boiseries, les frises, les couleurs, les musiques, les odeurs de chairs rôties et de vins lourds saturèrent mes sens. J'avais le tournis. Ce faste, j'en avais déjà entendu parler. Quelques nobles sur le marché aimaient se vanter d'en être familiers. Peut-être étaient-ils là aujourd'hui, parmi quelques centaines de convives qui m'ignoraient.

Car ce soir, on fêtait une visite. En tendant l'oreille, je surpris quelques conversations dans d'obscurs dialectes. Face à moi, toute la puissance du royaume paraissait rassemblée.

— Tu as vu la reine ? me glissa Le Vernoy, à l'oreille.

— Non…

— Tu vas la voir, et forcément la reconnaître. Son surnom est « Jeanne l'estropiée ». On dirait toi, avec des cheveux longs et raides.

— Mais pourquoi l'roi est avec…

— Ne te mêle point de ça. Ce sont des histoires qui ne te concernent pas. Je veux simplement te dire de ne faire aucune réflexion la concernant. D'accord ?

— Euh… Oui…

— Sauf si tu as envie de finir comme ce cochon.

Dans une cheminée, un goret embroché de la queue à la gorge me faisait de l'œil. Le temps de m'imaginer à sa place, Le Vernoy avait disparu. Ne sachant que faire, je décidai de me frayer un passage dans la foule. Plus j'avançais, moins j'en revenais. Quelques semaines auparavant, je croupissais dans l'oubli, vêtu de haillons. Aujourd'hui en habit ridicule mais flambant neuf, je côtoyais les grands de ce monde. Étourdi par tant de fastes, je me cognai dans une cuisse molle.

— Oh ? Attention toi !

— Pardon…

— Oh ? Mais ? C'est la nouvelle babiole du roi ! T'en as une tête ! T'es encore plus affreux que Caillette ! Es-tu aussi intelligent ?

Par-dessus ma tête, tout le monde rit de bon cœur. En levant les yeux, j'aperçus un jeune homme moustachu à forte mâchoire, qui jouissait de sa pitrerie, satisfait de lui-même.

— Que vous êtes drôle, maréchal, lui susurra une jeune femme engoncée sous une coiffe mauve.

— Notre roi a toujours le chic pour dénicher des débiles de la plus belle espèce.

Je lui tirai la langue.

— Mais qu'il est hideux !

— C'est qu'il mordrait presque !

— Allez, assez perdu de temps avec toi, va-t'en stupide chose ! voulut conclure le maréchal de Gié.

— Niveau esprit, j'vais essayer de me mettre à vot' niveau. Autant vous dire que j'risque point l'vertige, répliquai-je.

Le rire du maréchal se brisa net.

— Oooh ! Mais quelle insolence ! Il est vraiment fou, ce fou ! entendis-je.

Face à moi le maréchal commença à tousser. D'abord doucement, puis de plus en plus fort. L'air lui manquait. Il devenait rouge, mais personne n'osait intervenir. Fier de mon effet, j'étais dans le même temps terrorisé à l'idée de le voir tomber raide à mes pieds. Un jeune page se mit à lui taper dans le dos. Les coups résonnaient dans sa poitrine mais rien ne semblait apaiser son agonie. À mon tour, je pris mon élan et lui donnai un grand coup de tête dans le postérieur. Il fit un bond en avant et de sa bouche jaillit un noyau de cerise. Lorsqu'il se retourna, je crus ma dernière heure venue.

— Tu ne serais point si fou, je t'aurais déjà écrasé la face contre le sol et crevé ta bosse avec ce que j'ai de plus saillant !

— Votre nez ?

— Comment ?

— Ce que vous avez de plus saillant, c'est votre nez. Il est entré dans la pièce quinze minutes avant votre figure.

Je vis sa mâchoire trembler, ses poings se serrer. Autour de nous, un petit attroupement s'était formé.

— Mais comment oses-tu, gredin ? Je vais te faire passer l'envie à tout jamais de m'adresser la parole !

Sa main me saisit la gorge, et me décolla du sol jusqu'à son visage. Je n'ignorais désormais plus rien de ses yeux enragés sous des sourcils broussailleux. J'agitai les jambes pour tenter de fuir l'étreinte. Soudain, sa mine se figea. Je sentis une ombre sur nous.

— Que se passe-t-il par ici, mon brave maréchal ?

Il me lâcha d'un coup, et je tombai sur mes fesses dans un bruit de grelots. Le soulagement atténua la douleur. Au-dessus de moi, apparut mon sauveur, notre bon roi.

— Ah, je vois que vous n'avez point perdu de temps à faire connaissance avec euh… Avec… ?

Il baissa la tête pour m'interroger du regard. Le Vernoy s'approcha.

— Votre nouveau camarade des plaisirs a un nom des plus cocasses, sire : Triboulet !

Ces trois syllabes me remplirent de joie. Pour la première fois de mon existence, je n'étais plus seulement une chose, un objet, une bizarrerie. J'avais un nom. Comme les autres. Les normaux.

— Bienvenue chez toi, Triboulet ! reprit le souverain. J'espère que tu te sens bien ?

— Tout à fait. Regardez !

Je me mis à passer mon nez sur tout mon corps. Sur mes bras, mes mains, relevant mes pieds pour les sentir. Le roi explosa de rire.

— Mais non, quand je dis « te sentir bien », c'est une simple expression qui signifie « être à l'aise ».

— Euh… Je ne suis point à l'aise, sire, je suis… à Blois. Tout comme vous.

— Oh là ! Je sens que tu vas vite supplanter Caillette ! Allez, amuse-toi bien ! Et amuse-nous ! Mais pour cela, je crois que tu n'as point besoin de trop te forcer.

Le roi repartit dans un large éclat de rire, suivi par un aréopage de soie et de velours qui me dévisageait en gloussant. En relevant la tête, je croisai le regard du maréchal.

— On se reverra ! La cour est un petit monde !

Il avait raison. Cette foule bigarrée de baronnes, de seigneurs, de maîtresses se révélait être un univers cloisonné, codifié, ritualisé. Je m'amusais à observer les courbettes, les jeux de séduction, les astuces des courtisans pour se tenir près du roi, mendier des miettes de puissance, abandonner toute dignité en échange d'une marque d'attention, d'une caresse. Ces gens ne valaient pas mieux que des chiens. Moi non plus. Mais, au moins, en avais-je conscience.

— Allez assieds-toi, Triboulet ! Tu as bien mérité ta pitance. Le roi est satisfait, me lança Le Vernoy.

Autour d'une grande table qui traversait l'immense pièce, tout le monde s'était installé.

Sous mon châtaignier, la salive me vient à la bouche. Devant moi la brume a laissé place à un soleil radieux qui inonde la ville. Je distingue à présent très nettement les cheminées du château, fumantes de viandes rôties et de casseroles remplies de bouillons. Cette vision ravive les souvenirs de cette folle soirée. Rien de ce que j'avais mangé jusqu'alors ne ressemblait aux mets qui défilèrent sous mes yeux et dans mon gosier.

Cela commença par une volaille qui balaya en un instant des années de rognures de fruits, d'épluchures de légumes et d'os rongés à même le sol. Elle était fine, légèrement rosée. Ma langue fondait. Mes papilles jubilaient. Elle glissa sous mon palais, inondant mon corps d'une joie nouvelle. Il en fut de même pour les bars en sauce, les pâtés d'alouettes, les fricassées de pigeons, le hachis de veau, les pièces montées. Les plats se succédaient, les verres se vidaient.

— Alors, mon Triboulet ! Tu te régales ? s'enquit le roi.

— Oui, sire ! Mais il sentirait point un peu des pieds c'potage de fenouil ?

Le roi écarquilla les yeux de surprise. Mon voisin de table, un noble largement ventru qui se goinfrait comme s'il craignait la famine, crut bon intervenir.

— Ne l'écoutez point, majesté, ce bouillon est exquis, comme toujours ! Il est comme vous : puissant et majestueux !

Joignant le geste à la parole, il porta sa grande cuillère jusque sous ses narines. D'un mouvement vif, je bondis sur la table et lui appuyai sur la tête, pour la plus grande joie de l'assistance qui s'esclaffa. Lorsque je me rassis à côté du fat au nez ruisselant, il me balança un coup de coude dans les côtes. Trop tard. *Fenouil* resterait son surnom jusqu'à la fin des temps.

La suite de la soirée ne fut qu'amusements, réjouissances, libations. Des musiciens, des acrobates, des jongleurs, accordaient le plaisir de la bouche avec celui des yeux. Un danseur de corde souleva des clameurs lorsqu'il parcourut de part en part la longue pièce sur un fil tendu, manquant de chuter à chaque pas, faisant frémir l'assistance et déclenchant des tonnerres d'applaudissements. Et si telle était ma fonction ? Divertir sans glisser. Chercher la limite, le point d'équilibre entre le rire et l'offense. Entre la grâce et l'abîme.

— Hé, toi ! Ne sors point comme ça ! Remets tes affaires sur cette chaise et reprends tes nippes, me lança un laquais.

Lorsque je quittai la salle, j'avais presque oublié que, moi aussi, je jouais un rôle. Et qu'il était temps de quitter la scène. Je rejoignis mon enclos en titubant. Caillette dormait déjà. Les poules aussi. Une piqûre sur le mollet me fit sursauter. Auguste détala. Je souris. La lune rayonnait dans un vaste ciel clair. Je m'endormis le ventre plein et les pieds dans la boue.

— Alors y paraît qu't'as bien plu au roi hier ! Il a d'drôles de goûts !

Je commençais à m'habituer à ces réveils aux aurores par des jacassements désormais familiers. Lisette pouffa. Ernestine sortit de son seau une épluchure de carotte qu'elle me lança.

— Tiens, v'là ta récompense !

— GIÉ ! GIÉ !

— Ah, ça a réveillé ton copain ! Ça va-t'y Caillette ?

— GIÉ ! GIÉ !

— Qu'est-ce qui t'arrive ?

— GIÉ ! GIÉ !

Il regardait au loin, affolé. Je tournai la tête et aperçus le maréchal de Gié qui fonçait droit sur nous. Mon sang ne fit qu'un tour. Je courus me réfugier derrière le poulailler, pour la plus grande joie de Lisette qui exultait.

— À la niche, Tribouleboule ! Couché !

— Fichez-moi le camp ! gronda le maréchal d'une voix sourde.

Lisette et Ernestine décampèrent. Les poules s'arrêtèrent de picorer, le perroquet se redressa, ainsi que les épines sur le dos du porc-épic. Caillette fixait le maréchal sans piper mot.

— Où est ton copain ?

— OU ! COUCOU !

— Ne te fais point plus bête que tu ne l'es ! Où est-il ?

— OUH OUH ! COUCOU !

— Bon, tu l'auras voulu ! Je vais te remettre les idées en place !

Le maréchal se saisit d'une pierre, et attrapa Caillette par la nuque.

— OUILLE OUILLE !

— Je vais te la faire manger, tu comprends ça ?

— J'suis là ! Lâchez-le.

Au son de ma voix, le maréchal lâcha la pierre qui tomba sur le pied de Caillette.

— OUILLE OUILLE !! COUCOUILLE !

— Ah tiens ! Te voilà donc...

Le maréchal sortit de son manteau un morceau de corde, et le lança à mes pieds.

— Je crois qu'elle ornera dignement ton cou.

— Quoi ?

— Tu seras pendu dans la semaine. Ça t'apprendra à ridiculiser notre bonne reine.

— Attendez… J'comprends rien à c'que vous dites…

— Tu ne savais donc point ? Toute la cour est pourtant au courant !

Je ne saisissais pas un traître mot de son histoire.

— « La bonne reine Jeanne, Qu'étoit en son berceau, en proie aux flammes, éteintes à coups d'râteau. » C'est point de toi, ça ?

Je sentais le piège se refermer. Jamais je n'avais prononcé ces mots.

— Mais non ! J'ai point le droit de parler d'la reine… Encore moins pour la bafouer.

— C'est trop tard.

— Mais ? Quoi qu'est-ce ?

— Tout se paye dans la vie. Ta lettre de débit vient d'arriver. Adieu.

Je restai sans mot, sans voix, sans rien. À imaginer ma courte existence pendouiller dans le vide, oscillant au gré des vents, sous le regard amusé des passants. Pour une sombre vengeance. Un orgueil blessé.

— Je t'avais pourtant prévenu !

— Maître, j'ai rien fait ! Rien dit ! C'te mauvaise farce n'est point d'moi !

— Peu importe.

Il se dégageait de Le Vernoy une rigueur implacable. Son regard était déterminé, son corps droit et tendu. Le mien se liquéfiait.

— C'est point juste !

— Mais, tu as de la chance.

— D'êt' pendu ? Oui, pour sûr. Quelle chance ! J'aurais pu êt' écartelé, décapité, brûlé, noyé…

— Tais-toi. Tu as de la chance. La reine n'est plus la reine.

La phrase rebondit dans ma petite cervelle.

— Quoi ?

— Notre bon roi a obtenu du pape l'annulation de son mariage avec Jeanne. Il épouse demain en grande noce Anne de Bretagne, la veuve de Charles VIII. Une aubaine pour la gloire de notre royaume.

Sans doute. Mais quel rapport avec mon sort ?

— Dorénavant, il n'a cure de tes histoires, occupé qu'il est à préparer sa nouvelle union et les perspectives politiques qu'elle lui offre. Mais ne t'avise surtout point de recommencer. C'est la règle. Ta règle. Rien sur les femmes du roi.

— Mais j'ai rien fait ! Rien dit !

Le Vernoy mit un terme à mes plaintes.

— Demain, le roi donne un grand tournoi. Il te veut près de lui. Je ne sais point ce qu'il te trouve à part que tu le fais beaucoup rire. Il répète en boucle : « Est-ce que tu te sens bien ? » Tu as de la chance d'être complètement idiot.

Je souris en tordant ma bouche et mon nez, pour ne pas démentir Le Vernoy.

J'avais eu de la chance. Je n'étais pas passé loin de représailles injustes d'un maréchal aux abois. Les fortes têtes du royaume étaient-elles si faibles qu'elles craignaient d'être anéanties par une simple farce ? Ou possédais-je un si grand pouvoir ? Celui de mettre à nu les prétentions, de faire tomber les masques des apparences ?

Alors que j'y repense aujourd'hui, cela me fait sourire. À l'époque, je découvrais tout de ma nouvelle fonction : pourfendre l'esprit de sérieux, tourner en dérision les fastes du pouvoir, son ridicule, ses codes, ses rituels. Presque sans limite. Presque. Comme si la liberté totale résistait. Si proche et si lointaine. Sublime et inaccessible. Comme la reine.

Anne, si petite dans sa parure bleue étincelant de mille pierreries, se tenait debout dans une tribune en bois exclusivement réservée aux dames. Quelques minutes plus tôt, elle avait traversé la ville sous les acclamations. Du plus proche courtisan au plus lointain miséreux, la foule avait semblé subjuguée par sa seule présence. Moi-même, je n'arrivais pas à la quitter des yeux. Les siens étaient vert clair et illuminaient un visage à la peau diaphane. Derrière chacun de ses gestes fins et délicats, on sentait la poigne et la détermination. Elle n'ignorait rien de son prestige, ni de sa force. Je croisai son regard. Elle me sourit.

Dans une tribune qui lui faisait face, au milieu de courtisans, je me tenais au côté du roi.

— Tu sais que je repense toujours à ton histoire « comment tu te sens ? ». Je l'ai racontée des milliers de fois ! J'en ris encore !

Par fierté, je levai le menton, poussant sur mes jambes bancales pour me grandir.

— Dommage que tu ne fasses point exprès ! Dommage que tu ne te rendes pas compte combien tu es drôle !

Pris de court, je fis une grimace en plissant mes sourcils.

— Ne va point te blesser ! Tu es déjà suffisamment amoché !

Une trompette résonna.

— Allez, prends place ! Les festivités vont commencer.

Devant nous, sur une plaine verdoyante, de longues bannières flottaient au vent. Sous elles, des chevaliers en armure, aidés par leur valet d'écurie, se hissaient sur leur destrier. Chacun arborait fièrement les armoiries de sa terre. Leurs boucliers, jaune, rouge, vert ou bleu, étaient ornés de têtes d'ours, de rapaces, de griffes de lions. Munis de longues lances, deux d'entre eux se présentèrent devant nous sur de grands chevaux robustes. Après une révérence, chacun partit s'installer à plusieurs centaines de pas l'un de l'autre. Le silence s'installa. L'air était chaud et doux. C'était la fin du printemps. Tout le monde paraissait heureux. Rien ne pouvait se passer de tragique.

Soudain, un cri retentit et les deux chevaliers lancèrent leurs montures. Prenant de la vitesse, les bêtes soulevaient une poussière épaisse. Dans les gradins, seigneurs et nobles dames retenaient leur souffle. Plus les chevaliers se rapprochaient et moins je comprenais. Allaient-ils se heurter ? Se blesser ? Se tuer ? Les chevaux cavalaient de plus en plus vite, paraissant flotter dans l'air. Puis, dans un fracas de bois, la lance d'un des chevaliers percuta le bouclier de l'autre. Je poussai un cri de terreur. Dans la tribune, les visages se tournèrent vers moi en riant.

— Ah, mon Triboulet ! Que tu es sensible ! Ne t'en fais point, tout va bien. Le comte d'Angers est protégé, et tout ce qu'il a perdu, c'est l'honneur.

En face, la reine sourit en me regardant. J'eus honte. Un bruit de corne retentit. Déjà, deux autres chevaliers se tenaient prêts. Ce rituel dura une bonne partie de la matinée durant laquelle les chevaux volaient, les lances se brisaient et les tribunes grondaient de plaisir.

— Quelle bravoure ! Quel courage ! entendait-on.

Quelle bizarrerie, pensais-je.

Un nouveau bruit de corne se fit entendre. Plus net, plus sourd. Les chevaliers descendirent de leur cheval pour s'emparer d'épées, de haches ou de masses d'arme qu'ils faisaient tournoyer au-dessus de leur tête. Dorénavant, ils simulaient des combats à pied, chacun étalant sa technique. L'après-midi passait, dans les bruits d'acier qui s'entrechoque, dans le fracas métallique des armures qui encaissent.

— Et maintenant, le clou du spectacle ! s'exclama le souverain.

Les deux tribunes le fixaient avec un sourire impatient.

— Le seigneur des seigneurs, le roi des rois, le plus téméraire des téméraires que le royaume ait jamais connu ! J'appelle à rejoindre le combat le plus vaillant combattant de la couronne ! Notre bon et nouvel ami… Triboulet !

À ces mots, une décharge me parcourut le dos. Tous les regards se braquèrent sur moi. Celui du roi, plein de malice. Celui de la reine, plein de tendresse. Celui des autres, plein de sarcasmes. Je serrai les cuisses pour contenir ma vessie. Impossible de me démonter, hors de question de perdre la figure. Je me levai d'un bond et rejoignis la piste sous les acclamations. Grisé, galvanisé, je m'approchai des chevaliers hilares.

— Holà, les faquins ! V'nez là que j'vous rosse la caboche ! Chacun sa rouste ! V'nez ! Allez ! leur criai-je.

Devant ces géants d'acier, je devais avoir l'allure d'un porc-épic sans ses épines. L'un d'eux s'approcha de moi. Sa voix me rappela celle de mon père. Son intonation, celle des gamins de la grande place.

— T'as un problème toi, avec ta tête bizarre ? Elle ressemble au clocher d'la cathédrale ! Tu veux que j'te l'aplatisse ?

Il s'empara d'une énorme masse d'armes.

— Ah d'accord ! M'sieur a b'soin d'outils. R'gardez ça, mes dames et mes seigneurs, comme le chevalier est peureux, comme il est fourbe !

Toute l'assistance frémit de joie. Je ne le lâchai pas du regard.

— Prends garde, chevalier, le ciel s'assombrit. Ta cotte de mailles pourrait bien rouiller. R'garde au-dessus de toi, v'là une palombe qui annonce l'orage autant que sa fiente sur ton blason.

Le chevalier leva la tête. Je sautai à hauteur de son visage pour lui décocher une claque monumentale. Un brouhaha s'éleva de tous côtés, mélange de rires scandalisés et d'excitation. Sans attendre, je me faufilai entre ses jambes et, avant qu'il n'eût le temps de se retourner, je lui envoyai un grand coup de pied dans les mollets. Il trébucha. Les deux tribunes éclatèrent de rire.

— Triboulet vainqueur ! hurla un noble.

— Gloire à Triboulet, exulta un autre.

— Vive moi ! conclus-je en m'inclinant devant la foule en liesse.

Le roi se tenait le ventre de rire. La reine était aux anges. J'étais ailleurs. Dans un monde d'extase et d'euphorie.

La fête qui suivit fut des plus agréables. Tout le monde vint tour à tour me féliciter, jusqu'au souverain lui-même, accompagné d'un homme en habit d'Église, calotte rouge sur la tête.

— Triboulet, je te présente le cardinal d'Amboise. Mon ministre. Mon homme de confiance en cette époque troublée, peuplée de trahisons et de coups bas.

— Bonjour, cher Triboulet. Ravi de faire ta connaissance. Et bravo pour tes exploits. Nous t'accueillons en tant que créature de Dieu, même si force est de constater qu'Il n'a point été tendre avec toi.

Je fronçai les sourcils. Puis lui répondis d'une voix mielleuse :

— Ç'aurait pu êt' pire.

— Ah oui ? Et comment ?

— J'aurais pu, en plus du reste, avoir vot' regard de veau farci.

Le sourire du cardinal quitta subitement son visage. Le roi, les joues gonflées, se retenait de pouffer.

— Ne vous formalisez point, cher cardinal, il est fou. Complètement débile.

— Je ne crois point tant que ça... Méfiez-vous, sire. La place est bonne pour qui sait se faire passer pour un idiot. Viens là, que je te tire les oreilles !

— Oh non, s'il vous plaît ! Elles m'servent à écouter les beaux serments sur saint François et son vœu de pauvreté, ainsi que le cliquetis de vot' beau carrosse qui vous transporte de palais en palais.

Le cardinal devint brusquement aussi pourpre que sa capeline. Le roi tempéra :

— Eh bien ! Tu es en forme aujourd'hui, Triboulet.

— Je suis fidèle à votre emblème, sire. *Cominus et eminus.*

Je ponctuai d'un clin d'œil.

*
*   *

— Lire, écrire, compter ! Voilà ton programme pour les prochains mois.

— Mais ?

— Ne pose pas de questions. Nous perdons déjà du temps.

Je me souviendrai toujours de ma première séance de travail avec Le Vernoy. Une matinée fraîche d'automne. Assis à un petit bureau d'une grande salle vide et austère, sous les combles. Lui, debout, arpentant la pièce de long en large, tête baissée, concentré.

— Je ne sais point si tu te rends compte de la chance que tu as. Le roi veut t'éduquer.

— Pourquoi il fait ça ?

Le Vernoy s'arrêta net.

— Cela ne nous regarde point. Il décide, on exécute. Mais je crois qu'il n'a point conscience de la charge de travail. On va commencer par la lecture. Tiens, prends ça.

Il me tendit un livre.

— Qu'est-ce que c'est ? Ça sent bon.

Le Vernoy soupira.

— Ouvre.

Sur le papier, des milliers de symboles obscurs.

— Leçon numéro un. Le latin.

La logorrhée qui suivit parut durer des jours. Le Vernoy insistait, répétait, usait de toute sa patience. Il s'approchait de moi comme pour mieux faire entrer le savoir dans ma tête. Tel Fifi, mille fois j'ai eu envie de lui envoyer un coup de bec. L'ablatif, l'accusatif, le génitif me donnaient des maux de tête. À la fin de la matinée, j'avais le crâne rempli comme une marmite.

— Pause. Va te dégourdir les jambes.

Je déguerpis dans l'instant et me ruai dans les escaliers du château.

— Mais quelle horreur !

— Va-t'en, monstre !

Peu habitués à ma présence, les valets sursautaient, les pages hurlaient. Je commençais à y prendre un malin plaisir, à comprendre le potentiel de ce corps. Il était une marotte à lui seul, un désordre. Je courais jusqu'à perdre haleine, sans but, ni destination.

— Allez, on y retourne, m'interrompit Le Vernoy en me barrant le passage. Sinon, tu sais ce qui t'attend.

— Non.

— Tu as déjà entendu parler de la roue ?

— Celle pour les brigands ? Je n'en suis point un.

— Crime de lèse-majesté, tu y auras droit.

Les séances d'engraissage de crâne se poursuivirent. Malgré tout l'acharnement de Le Vernoy, mes années d'ignorance résistaient. Pour ne rien arranger, j'avais la capacité de concentration d'un poivrot en manque.

— Triboulet ! Qu'est-ce que je viens de dire ?

Souvent cette phrase interrompait mes pensées qui m'emportaient tantôt dans des forêts lointaines, tantôt au bord des rivières. Le retour au réel était pénible et laborieux. Le supplice s'éternisait.

« *Magnificat anima mea Dominum, Et exsultavit spiritus meus in Deo salutari meo.* » Devant moi, une dizaine d'hommes écorchés à demi nus, simplement vêtus d'une sorte de sarrau blanc frappé d'une croix rouge, marchaient lentement en tenant dans leur main un fouet. En rythme, ils se lacéraient le dos en récitant.

« *Et misericordia eius a progenie in progenies timentibus eum. Fecit potentiam in brachio suo.* » Cette fois-ci, c'était cette scène qui me revenait en mémoire alors que Le Vernoy tentait par tous les moyens de faire rentrer des déclinaisons dans ma cervelle. « *Quia fecit mihi magna qui potens est. Et sanctum nomen eius.* » Je revoyais ces flagellants rachetant leurs péchés, tentant d'accéder au paradis à grands coups de lanières de cuir cloutées. Ils arrivaient d'on ne sait où et repartaient dans la foulée. Je les regardais, fasciné. Comment mutiler son propre corps ? Détruire ses propres chairs ? Ruiner un tel trésor ?

« *Dispersit superbos mente cordis sui. Deposuit potentes de sede, et exaltavit humiles.* » Parfois, j'aurais tout de même volontiers échangé ma leçon du jour contre une place parmi eux.

— Triboulet ! Qu'est-ce que je viens de dire ?

Aucune idée. Le Vernoy venait de balayer mes souvenirs. Une fois de plus, je n'avais rien écouté.

Une fois de plus, il recommença. Calmement, méthodiquement. Peu à peu, au fil des jours, page après page, leçon après leçon, sa patience et sa persévérance finissaient par payer. Sans même m'en rendre compte, je comprenais plus vite. J'accédais à un continent nouveau. J'explorais. Le latin, le français, l'algèbre élémentaire, la rhétorique n'étaient plus simplement synonymes de souffrance. Il m'apprenait à coucher le langage sur une tablette de cire. J'esquissais patiemment les pleins et déliés, la bouche ouverte, tout entier absorbé par ce nouveau défi.

— Rentre ta langue, cinglait Le Vernoy.

Il savait également décrypter d'autres codes. Plus fourbes, plus subtils. Ceux de la cour, vaste forêt à déchiffrer.

— Le connétable est le chef des armées. Tu le reconnaîtras facilement. Son épée, la plus imposante du royaume, ne le quitte jamais. C'est lui qui règle les conflits entre les chevaliers et les nobles. Et ils sont nombreux. Le chancelier est le lien entre le roi et le parlement. C'est lui qui est son porte-parole. Il contresigne même les actes signés par le roi. Le cardinal d'Amboise, tu l'as déjà rencontré, si j'en crois les histoires qui commencent à circuler sur toi au château. Tu dois maîtriser les jeux d'alliance, les inimitiés, les sous-entendus. Triboulet ! Qu'est-ce que je viens de dire ?

Je sursautai.

— Euh… Vous disiez… Survie… La cour…

— C'est ça. La cour. Tu en fais désormais partie.

En effet, depuis quelques semaines, j'avais quitté mon enclos, laissé derrière moi la fange et les nuits froides, abandonné les poules, le perroquet, le porc-épic et le pauvre Caillette. Désormais, une chambre m'était réservée à l'étage des valets. Certes petite, rustique, humide, mais juste pour moi. Pour moi seul.

Les premières nuits furent d'ailleurs difficiles tant les grognements, les couinements, les ronflements, de mes anciens camarades avaient fait place à un silence inquiétant qui m'empêchait bien souvent de trouver le sommeil.

Aujourd'hui, sous mon châtaignier, je souris en repensant à ce parcours sans volonté, sans ambition. J'étais pareil à cette feuille qui vient de se détacher de sa branche pour danser dans le vent juste sous mon nez. Elle n'échappe pas à son destin. Dans sa chute gracieuse, elle virevolte.

*

* *

— Salut, Lisette !

La pauvre bondit de frayeur. Il faut dire qu'il faisait nuit noire et que j'étais simplement éclairé par une torche.

— Triboulet ? Qu'est-ce que tu fais là ? Fiche le camp dehors ou j'hurle !

Les années lui allaient bien. Elle n'était plus petite fille et me dépassait désormais d'au moins deux têtes. Ses formes se dessinaient sous une étoffe légère. Ses grands yeux bleus me fixaient. Je bredouillai :

— Je... J'habite dans l'château, désormais.

— Encore une farce que tu fais ! J'compte jusqu'à trois et...

Au fond du couloir, une porte claqua et un homme beugla :

— C'est quoi c'raffut ?

— C'est Triboulet ! Il s'est échappé et vient s'mer la pagaille !

— Viens t'recoucher Lisette, et arrête de tourmenter c'pauvre imbécile.

Elle disparut dans la pénombre, me laissant là, le cœur battant. Battant, pour je ne sais quelle raison. Mais battant quand même.

Tout comme moi, le château se transformait. Depuis quelques mois, des bâtisseurs, sculpteurs, couvreurs affluaient tous les matins par la grande porte pour n'en ressortir qu'à la tombée du jour, couverts de poussière, écorchés, épuisés. Au fil des semaines, l'édifice laissait éclater une nouvelle splendeur. Des vitraux, des lucarnes, des ardoises, des briques rouges et blanches. Il semblait revêtir ses habits d'apparat, tel un fou qui passe de l'ombre à la lumière.

Les leçons de Le Vernoy continuaient à une cadence soutenue.

— Tu as déjà entendu parler de poésie ?

Pour Le Vernoy, le salut se trouvait dans les textes, là où, disait-il, « le pire de l'humanité se frotte au meilleur ». Il était capable de disserter des heures de quelques syllabes, d'une syntaxe audacieuse, d'une nouvelle tournure. J'essayais de capter la passion qui habitait aussi bien son esprit que son corps tout entier. Ses yeux brillaient.

— François Villon était un malfrat, un gredin de la pire espèce. Mais un poète de génie. Il y a quelques années, il est passé par ici, à l'occasion d'un concours de poésie. Il en a laissé quelques-unes, dont celle-ci. C'est la ballade du concours de Blois. Écoute.

Je meurs de soif auprès de la fontaine,
Chaud comme feu, et tremble dent à dent ;
En mon pays suis en terre lointaine ;
Lez un brasier frissonne tout ardent ;

Il goûtait chaque mot comme un mets rare.

Nu comme un ver, vêtu en président,
Je ris en pleurs et attends sans espoir ;

Confort reprends en triste désespoir ;
Je m'éjouis et n'ai plaisir aucun ;
Puissant je suis sans force et sans pouvoir,
Bien recueilli, débouté de chacun.

Je tentais de saisir les sons à la volée, me laissais emporter par le rythme.

Rien ne m'est sûr que la chose incertaine ;
Obscur, fors ce qui est tout évident ;
Doute ne fais, fors en chose certaine ;
Science tiens à soudain accident ;
Je gagne tout et demeure perdant ;
Au point du jour dis : « Dieu vous doint bonsoir ! »
Gisant envers, j'ai grand peur de choir ;
J'ai bien de quoi et si n'en ai pas un ;
Echoite attends et d'homme ne suis hoir,
Bien recueilli, débouté de chacun.

Le Vernoy me regarda, la main sur la poitrine.

— C'est magnifique, n'est-ce pas ?

Je n'avais rien compris.

— Oui, répondis-je timidement.

— Tu sens ce souffle de liberté ?

Sans même attendre ma réponse, il enchaîna :

— Le roi veut que tu te sentes libre. C'est ta liberté qui le fait rire. Pour lui, un fou a le droit de tout dire pour la simple et bonne raison qu'il est fou. Il ne peut être tenu responsable de ses propos.

Caillette ne se gêne point. Même si le pauvre ne s'en rend même pas compte.

Ces mots de Le Vernoy me parlaient.

— Pourquoi le roi m'autorise-t-il à me moquer de lui et à lui dire la vérité ?

— Parce qu'il est intelligent.

— Et pourquoi donne-t-il l'autorisation seulement aux fous de le faire ?

— Parce qu'il est intelligent.

Je fronçai les sourcils.

— Et pourquoi ne puis-je rien dire sur la reine ?

— Ni sur ses maîtresses, me reprit Le Vernoy.

— Sur ses quoi ?

— Il faut vraiment tout t'expliquer. Tu as déjà connu une femme ?

— Euh...

— Les petites servantes du château, elles ne t'ont jamais montré leurs atours ?

— Non...

— Alors, tu es un véritable boute-en-train.

— Quoi ?

— C'est le cheval qui sert à exciter la jument avant l'entrée de l'étalon. C'est ce que tu fais. Tu fais rire les filles avant qu'elles aillent se faire trousser ailleurs.

J'eus à peine le temps de considérer le propos.

— D'ailleurs, il faudra que tu apprennes à monter à cheval. Ça va te servir. Surtout si le roi veut t'emmener à la guerre.

La simple évocation de ce mot me glaça le sang.
— Il vient de triompher dans le Milanais.
— Où ça ?
— Excellente question. Allez, cours de géographie.

Même si je me pliais désormais avec joie à l'apprentissage de nouvelles matières, je ne saisissais pas pourquoi le roi tenait autant à m'éduquer, moi, le fils de la misère et du mépris. Peut-être avait-il flairé un terrain propice, comme parfois un sol en friche cache la promesse d'une belle récolte. Ce souverain aimait rire et se repaître de théâtre et de musique. Il était l'ami des arts. Y compris la poésie. Car même si Villon était mort il y avait fort longtemps, il fut remplacé par d'autres dont un certain Jean Marot.

Toute ma vie, je me souviendrai de notre première rencontre. Un beau matin, dans la grande cour du château. Un jeune homme aux traits fins et au menton fuyant, tout de blanc vêtu, chemise ouverte sur un poitrail glabre, cheveux mi-longs retombant sur une nuque étroite, plume d'oie dans une main, parchemin dans l'autre, contemplait les cieux, adossé à un arbre.

— Holà, jeune palefrenier ! l'apostrophai-je. Ce n'est point trop salissant le blanc pour nettoyer le crottin ?

Pas de réponse.

— Hé oh, je te parle ! T'en as jusque dans tes oreilles ?

Il gardait le silence. Pas même ne frémissait d'un battement de cil. Je m'approchai.

— HÉ OH ! Y'a du monde là-dedans ?!

Il baissa la tête lentement jusqu'à planter ses yeux clairs dans les miens. Sans aucun signe de défiance.

— Pardon, mais quand je parle aux anges, je n'entends point la canaille. La beauté fuit l'ignominie comme la nuit chasse le jour.

— Morbleu ! Tu me donneras l'adresse de ton fournisseur de picrate ! Ça m'a l'air d'être du bon !

— Le vin est le refuge des faibles. Seuls le ciel qui nous abrite et la tourterelle qui nous guide sont pour nos âmes les joyaux précieux des territoires perdus.

— D'accord… En ce qui concerne tout ce qui est perdu, tu comptes aussi ta tête ?

Il ne clignait même pas des yeux.

— Tu es une créature misérable et puérile. Va rejoindre le néant, c'est ta place.

— Et toi ta place…

— Fiche-lui la paix, espèce de sale Triboulette ! entendis-je résonner.

Lisette se tenait debout, dans un coin de la cour, un panier de linge à la main. Elle était rouge de colère. Le vent faisait frissonner ses grands cheveux blonds.

— Quand tu s'ras aussi beau et brillant qu'lui, tu pourras t'permettre, enchaîna-t-elle.

— Et là, j'crois que les poules auront des dents, surenchérit Ernestine qui venait juste de la rejoindre.

— Ah oui ? Et vous ? Vous avez vu vos... Vos... Vos... Vos...

Rien ne me venait. J'aurais voulu répliquer. Sauver la face. Mais mon esprit s'était figé. Ma tête était vide. J'étais pris au piège comme dans un cauchemar où, poursuivi par un monstre, on fuit au ralenti.

— Bah ! C'est toi qui as rendu rouge de honte le cardinal ? On dirait point hein ? persifla Ernestine.

Je déguerpis sur-le-champ.

— Galope, galopin ! entendis-je de loin.

— Oh, vous êtes plein d'esprit, Jean, répondit Lisette.

Devant mon châtaignier, passent deux jeunes filles qui ne me remarquent pas. Elles rient. Le monde semble leur appartenir. Sans doute n'en savent-elles encore pas grand-chose, mais qu'importe. À leur âge, je n'en savais guère plus. Et plus le temps avançait, plus je contemplais mon ignorance, les réponses à mes interrogations charriant un flot croissant de nouveaux questionnements. Plus les jours s'écoulaient, plus la curiosité me gagnait. Plus je voulais savoir. Et surtout, comprendre.

— Et Claude, elle deviendra reine à la mort du roi ? questionnai-je Le Vernoy.

— Non, cela ne fonctionne point comme cela. Il faut un héritier.

— Ou une héritière ?

— Non.

— Ah bon ?

— Oui, c'est ce qu'on appelle, dans la loi salique, la primogéniture masculine. C'est ainsi. Dieu l'a voulu.

— Dans la sainte Bible, il est écrit que seul un garçon doit gouverner ?

— Bon ! Il en est ainsi, et puis c'est tout. Parfois, il faut savoir accepter. Y compris de ne pas saisir.

Il en était hors de question. J'avais trop goûté à la connaissance pour abandonner en si bon chemin. J'insistai :

— Et si la reine ne donne pas naissance à un garçon ?

Mon bon maître soupira.

— Eh bien, il faudra recommencer. Jusqu'à ce qu'elle donne naissance à un garçon. Allez, passons à la leçon suivante.

— Et si elle n'y arrive point ?

À bout de patience, il me fit signe de venir le rejoindre à la fenêtre.

— Tu vois l'enfant, là ? Le roi l'appelle « le gros garçon ».

Dans la cour, en contrebas, un enfant joufflu courait jusqu'à en perdre haleine après des oies.

Soudain, il s'arrêta, s'empara d'un arc et d'une flèche, visa l'une d'elles, et la rata de peu.

— Il s'appelle François. C'est le cousin germain de notre roi. Il l'a fait comte d'Angoulême alors qu'il n'avait que deux ans. Si le souverain n'a point d'héritier mâle, c'est lui qui gouvernera. Il apprend son rôle au château d'Amboise mais il vient souvent par ici. D'ailleurs, dans quelques semaines, je lui ferai la classe avec toi.

À présent monté sur le dos d'un valet, le petit François lui donnait de grandes tapes sur les fesses pour le faire avancer, lui tirait les cheveux pour qu'il s'arrête, lui pinçait le nez pour le plaisir. Pour ce qui l'attendait en tant que possible futur roi, son apprentissage des rapports humains semblait déjà bien avancé.

Le mien se poursuivait dans les écuries. Déguisé pour l'occasion en cavalier, bottes à éperons et casaque à épaulière, tremblant de tout mon corps minuscule, j'étais juché sur un étalon noir, mes jambes trop courtes pour atteindre les étriers, et mes bras pas assez longs pour tenir les rênes.

— Calme-toi. Les animaux ressentent la peur et ça les effraie à leur tour, murmura mon maître écuyer. Ça va aller ?

J'étais tétanisé.

— Il s'appelle Morus. C'est le cheval le plus doux que je connaisse. Il sera parfait pour toi. Tu es prêt ?

J'essayais de serrer les cuisses pour ne pas basculer d'un côté de la bête qui, impassible, ignorait le drame qui se jouait sur sa croupe.

— Bon, tu me répondras quand tu en auras envie ! Allez, on va y aller doucement, au pas.

Le cheval se mit lentement en mouvement. Mes mains se crispèrent sur la selle.

— Voilà, c'est bien. On va faire un petit tour dans la cour. Détends-toi.

Impossible de quitter des yeux mes doigts agrippés au cuir.

— Tout doux. C'est bien. Tu n'as rien à craindre.

Peu à peu, mon souffle se fit plus lent, mes muscles se détendirent.

— C'est bien, Triboulet. Tu vois, il ne se rend point compte qu'il porte un curieux animal. On va accélérer un peu.

À ces mots, mon corps se raidit. Le cheval poussa un hennissement qui me fit sursauter, puis il prit de la vitesse. Je fermai les yeux. Je n'entendais plus que le son des sabots qui percutaient le sol.

— Pas de panique, Triboulet. C'est un petit trot. Rien de méchant.

Mon corps rebondissait contre la selle, provoquant une vive douleur qui remontait le long de mes vertèbres. Mes mains se contractèrent davantage. Je me sentais ballotté comme un fétu de paille un soir d'orage. La souffrance devint de plus en plus vive.

Alors je décidai d'arrêter et plantai mes éperons dans les flancs de la bête.

— Nooooooon ! fut le dernier son que j'entendis de la bouche de mon maître écuyer.

En quelques secondes, il était déjà loin derrière. Lancé à pleine vitesse, le cheval hors de mon contrôle galopait vers la sortie du château que je voyais désormais se rapprocher en même temps que ma mort.

Je ne sentais plus mes jambes, ni mes mains, ni mon dos. Je ne sentais même plus la douleur. Je m'efforçais de faire corps avec l'animal, laissais cet élan, cette puissance, me traverser, me griser, me terrifier. Nous voyant arriver, deux gardes tentèrent de nous barrer la route en croisant leurs lances. L'étalon ne dévia pas d'un pouce, forçant les deux malheureux à s'écarter. Tandis que nous franchissions l'immense porte de l'édifice, je m'entendis hurler.

Tout le reste ne fut que bruit et fracas. Chaos et voltige. Paniers qui giclent, enseignes qui tombent et sabots qui écrasent tout sur leur passage. Je glissais de plus en plus le long de la selle. Le cheval ne ralentissait pas. Je me raccrochai à sa crinière mais mes mains renonçaient peu à peu. J'allais terminer là. Piétiné par une bête revenue à l'état sauvage, ou transpercé par les tasseaux de bois des étals des marchands. Je fermai les yeux, encore, desserrai mes doigts. Et tombai. Dans un amas de paille.

Le cheval s'était arrêté. De la vapeur épaisse sortait de ses naseaux. J'étais sain et sauf. Essoufflé, tremblant, je m'approchai de sa longue tête luisante. Avait-il voulu me tuer ? M'avertir ? Me faire peur ? Voulait-il me montrer qui dominait ?

Y repenser aujourd'hui me dresse les poils sur les bras. Comment une bête aussi insignifiante que moi aurait pu dompter cette force ? Et pourquoi ? À part cette volonté humaine de vouloir tout maîtriser, même l'inéluctable, l'inaccessible, même la nature.

*

* *

— François, il va falloir que vous appreniez les bons usages. Si vous devez régner, vous ne pourrez pas vous comporter ainsi.

Le gamin au côté duquel je me trouvais était particulièrement dissipé. Sept ans d'énergie montée sur ressorts. Coupant la parole, bondissant sur la table, désespérant Le Vernoy.

— M'en fiche ! Un roi, il fait ce qu'il veut ! C'est ma mère qui me l'a dit !

— Certes, mais il doit surtout donner l'exemple. Commencez par me rendre la plume d'oie que vous m'avez volée hier.

— Je ne l'ai point volée !

— Vous mentez, François, c'est mal. Si vous êtes roi, vous ne pourrez point mentir.

Je relevai la tête de ma tablette de cire.

— Vous êtes sûr de ça, maître ?

— Certain ! Lorsqu'il ment, le mensonge d'un roi devient vérité.

— D'accord, je comprends mieux… Comme quand notre bon roi Louis a fait annuler son mariage en prétextant qu'il n'avait point été consommé alors que notre bonne Jeanne jura que si.

Le Vernoy fronça les sourcils.

— Qui t'a raconté ça ?

— Mon petit doigt.

— Tu suggéreras à ton petit doigt de ne point remettre en cause la parole de notre roi.

— Personne ne m'empêchera de penser que c'est une méthode grossière…

— Tu dis ça parce qu'elle te ressemblait ! s'amusa François. Il paraît qu'elle était tellement laide qu'elle faisait faner les fleurs et gâter les récoltes !

Le Vernoy asséna un grand coup de poing sur la table.

— J'en ai assez entendu pour aujourd'hui !

À peine ces paroles prononcées, François se rua dans le couloir.

— Triboulet, tu m'apprendras ça pour demain, ajouta Le Vernoy, glacial, en me tendant un papier.

— Qu'est-ce que c'est ?

— Un texte de Marot, notre bien aimé poète, protégé de notre reine Anne.

Que veut-on plus en ce monde acquérir
Que bon renom, bien vivre et bien mourir ?
Puis qu'à la fin de ce mortel décours
Tous humains n'ont qu'à Jésus Christ recours
Pour les garder de tout mal encourir
Après la Mort.

Quand on a appris à lire avec Villon, difficile de continuer avec Marot. Il est fascinant de voir comment, avec vingt-six lettres, on peut soulever les cœurs ou enterrer la langue. Comment ce torrent d'eau tiède pouvait-il autant faire frémir notre bonne reine ?

Il se trouvait encore à ses côtés, lors d'une grande fête donnée en l'honneur du baptême du fils du duc d'Arbois. Moi aussi, j'y étais, en costume d'apparat. D'ailleurs, tout le château n'était que couleurs joyeuses et danses d'étoffes. Des drapeaux flottaient, des oriflammes descendaient des créneaux et tournoyaient dans le vent. Des odeurs de viande rôtie montaient des cuisines jusque dans les narines des courtisans.

Dans la grande salle, la longue table avait été installée et parée de ses atours de banquet. Au milieu de celle-ci, une copie fidèle du château en pâte d'amande trônait. Tout le monde souriait, heureux et insouciant, cherchait du regard le berceau sur lequel se pencher pour s'ébaubir.

Moi, au milieu, je redoublais de facéties, portant fièrement dans ma main une nouvelle marotte surmontée d'une tête sculptée en châtaignier me représentant, que Le Vernoy m'avait offerte pour mes progrès en calcul. Jamais je n'avais tant aimé ma panoplie de parodie de souverain.

— Tiens, voilà que mon fidèle Triboulet se prend pour moi !

— Oh non, je n'ai point eu votre talent pour euh… Attendez qu'est-ce qui fait que vous êtes là, aujourd'hui ? Oui, je me souviens !! Votre talent pour naître au bon endroit, au bon moment !

Autour de lui, les visages se figèrent. Où s'arrête l'insolence, ou commence l'outrage ? Moi-même, je l'ignorais. Mais, le roi sourit. Et les autres aussi.

— Oh, que tu es taquin ! Ne t'approche point trop du berceau. J'ai peur que ta laideur ne soit contagieuse !

— La laideur serait contagieuse, sire ? répondis-je. En ce cas, je fréquente trop les poèmes de Jean Marot.

— Oh mais qu'il est insolent ! J'adore ! Cela dit, je te trouve injuste. Ses écrits sont délicats.

— Il est vrai que ses parchemins sont utiles dans les lieux d'aisances.

Le roi éclata de rire.

— Tu ne respectes rien ! J'aime ça ! Attention tout de même à ce que la jalousie ne guide point trop ton esprit !

— Moi, jaloux ? Votre couronne atrophie le cerveau de Votre Majesté ! Je l'avais déjà remarqué quand vous avez décidé de vous entourer de cette bande de crapules.

Et le roi de rire de plus belle. Imité dans l'instant par le petit groupe qui le suivait. Parmi eux, le cardinal d'Amboise et le maréchal de Gié se forçaient à trouver mes farces plaisantes, tandis que leur regard me lançait des carreaux d'arbalète.

— Ah, attendez ! Je crois que le cardinal et le maréchal ont une déclaration d'intérêt général à faire.

Les deux hommes s'arrêtèrent, interloqués. Je savourais d'avance.

— Il en va de l'avenir du royaume. S'il vous plaît, laissez-moi me faire leur porte-parole. Que tout le monde se taise ! Attention ! Roulement d'tambour !

J'attendis quelques secondes pour obtenir l'attention de toute l'assistance et lâchai un énorme pet, l'arme absolue, le vent qui remet la condition humaine à sa place, le souffle qui rappelle à chacun ce corps traversé de tuyaux. De la mécanique, de la physique des fluides, de l'art de la digestion. Aucune noblesse ne résiste à l'organique.

Aussitôt, le maréchal et le cardinal durent serrer les dents pour contenir leur fureur. De son côté, le roi n'en pouvait plus de rire, et dut bientôt essuyer ses larmes sur sa manche. Euphorique, j'en rajoutai :

— Désolé mais c'est la faute des fayots qui vous entourent, sire. Ils me font péter.

— Mais qu'il est drôle ! reprit le roi.

Je triomphais, encore.

— Ne t'avise point de faire ça devant Louise de Savoie. Il t'en cuirait, m'avertit Le Vernoy tandis que je lui narrais l'anecdote.

— Devant qui ?

— Louise, la mère de François. Tu vois la raideur d'une hallebarde ? Elle est pire. Et stratège, en sus.

— Ah bon ?

— Elle sait que si le roi meurt sans descendance masculine, c'est son fils qui montera sur le trône. Toute la cour la soupçonne de manigancer, d'user de magie noire, pour éliminer la concurrence dès la couche. La reine Anne vient encore de perdre un héritier. C'est de mauvais augure.

La vision de ma mère tenant mon frère mort-né dans ses bras me revint subitement. Ainsi, parfois, les fatalités des reines et des gueuses se ressemblent. Je tentai tant bien que mal de rassurer Le Vernoy :

— Certes, mais bon… Elle a le temps. Le roi est jeune et plein de vigueur.

— Toi aussi, non ? Tu crois que je ne te vois point avec Lisette ? se moqua Le Vernoy.

Je baissai la tête. Mon cœur venait à nouveau de s'emballer.

En y repensant aujourd'hui, il s'emballe toujours à la même cadence. Un nom, une odeur, un souvenir suffisent pour que tout recommence. Étrange symptôme, curieuse mécanique. J'ignorais alors que les faubourgs, les rues, les villes, les campagnes, les cours des châteaux, les arrière-cours de ferme, les bas-fonds, les taudis, les palais et les forteresses vibraient au même diapason.

— C'est l'amour ça bordel à cul ! m'avait postillonné au visage un ivrogne, un soir, au fond d'une taverne.

— Ah bon ?

— Oh là là ! Y connaît point ! Tu sais moi… Je vais te dire…

J'ouvris grand mes oreilles.

— Écoute-moi…

Je ne faisais que ça.

— L'amour c'est quoi ? 'COUTE-MOIIIIII !

Il tomba de son tabouret et s'endormit dans une flaque de vin.

L'amour, j'en avais déjà entendu parler, derrière la cathédrale. Margaux était toujours là, quelques années en plus et quelques vêtements en moins. Elle se tenait debout, adossée à un mur d'une large maison à colombages, sous une enseigne grinçante qui arborait l'inscription « Au léger cuissot ». Lorsqu'elle me vit, son visage s'illumina.

— Triboulet ! C'est bien comme ça qu'on te nomme désormais ? Mon Triboulet ! La ville ne parle que d'toi ! Tu n'as point grandi mais qu'est-ce que t'as embelli ! Alors ? T'as fait fortune n'est-ce pas ? Tu peux tout t'offrir aujourd'hui ? Même l'amour ?

Elle souleva un de ses jupons, dévoilant une chair potelée.

— Tu veux bien d'moi à présent ? demandai-je.

— Il y a que les idiotes qui ne changent point d'avis, tu sais...

— J'ai point l'impression que tu le sois tant que ça. Tu en veux à ma bourse...

Elle laissa éclater un rire gras.

— C'est donc bien vrai ! T'es amuseur de la haute ! Tu fréquentes du beau linge. Allez approche-toi, pour voir les miens.

Je lui souris et continuai mon chemin. Nulle part dans la ville, je ne passais inaperçu. De même que lorsque j'étais plus jeune, mais le ton avait changé. Les regards aussi. Dans ma tête, j'étais toujours ce petit être malingre qui faisait peur aux passants ou leur inspirait dégoût et pitié, mais dans leurs yeux, je percevais amusement et admiration. J'entendais des chuchotis lorsque je remontais la grande rue, des messes basses. Puis soudain, une voix dans mon dos. Fatiguée, éraillée, mais familière.

— Tiens, petit, prends ça…

Ce souffle sentait la moisissure des bas-fonds. Je me retournai. Sous une porte cochère, un vieillard sortit de l'ombre. Courbé en angle droit sur un bout de bois, je reconnus celui qui, naguère, partagea mon cachot.

— Tu en auras besoin…

Sa main tremblante me tendait un livre.

— Sois prudent, me recommanda-t-il.

Son regard était vide, ses cheveux longs caressaient le sol.

— La vraie prudence consiste… puisque nous sommes hommes… à ne point vouloir être plus sage que notre nature ne le permet. Il faut, ou supporter de bonne grâce les folies… de la multitude, ou se laisser entraîner avec elle par le torrent des erreurs.

Le vieux se retourna sans un geste d'adieu. Ses articulations craquèrent. Je restai là, à le regarder remonter la rue, vacillant au gré des courants d'air. Je baissai les yeux sur la reliure : *Érasme – Éloge de la folie.*

Pour comprendre les hommes, Le Vernoy m'avait donné les clés. Ce vieillard venait de m'offrir la porte.

Toute la ville n'était pas devenue subitement mon amie.

— Tu fais bien d'passer par ici, toi ! Ton père m'doit une sacrée ardoise. On dit d'toi que t'as fait fortune en amusant les riches.

— Je n'ai point fait fortune mais...

L'aubergiste tapa du poing sur son comptoir. Une pile de gobelets en bois se renversa.

— Racont' point ta vie ! M'en contrefiche ! T'es point au château ici. Voilà ce que tu dois ! Tu sais lire ?

— Attendez...

— Tu veux sortir d'ici les pieds d'vant ? Non ? Alors, tu payes.

— Je vais payer mais je peux poser une question ?

Il souffla, m'envoyant des postillons gros comme des grains d'orge.

— Grouille-toi. J'suis point payé pour enfiler des perles.

— Est-ce qu'une dénommée Lisette fréquente ton cabaret ?

— Oh là là ! T'en demandes de ces choses, toi ! Tu crois que j'connais le nom de toutes les ribaudes qui passent par ici ! Allez paye ton dû et fous-moi l'camp. Tu fais peur à ma clientèle !

J'ai payé. En pensant à mon père. À ma mère. Sans tristesse. Sans émoi. Le cœur sec comme la pierre. Où étaient-ils ? Savaient-ils ce que j'étais devenu ? En avaient-ils seulement la curiosité ? Toutes ces questions disparaissaient comme elles étaient venues. Désormais, cela m'était égal.

— Barre-toi de là, je t'ai dit ! hurla le tavernier.

Je quittai les lieux tranquillement. Cette sérénité m'étonna. Même la fureur et la bêtise ne m'impressionnaient plus. J'étais calme. Puis je repensai à Lisette. Et tout s'emballa à nouveau.

*

* *

— Youhou !! Plus vite, plus vite !!

— Arrête de m'taper sur les flancs ! Je ne suis point un cheval !

Là encore mon cœur battait fort. Mais je savais pourquoi. J'étais devenu destrier pour monarque en formation bien décidé à me prouver son agilité à la chasse. Le gibier ? Des chiens qui se prélassaient au soleil et qui se levaient en sursaut lorsque notre attelage fonçait sur eux. François les visait, grâce à son petit arc, de ses flèches taillées à même des branchages. La pluie qui commençait à tomber ne freinait pas ses ardeurs.

— Si ! Tu es mon cheval préféré ! Allez ! Taïaut ! Taïaut !

— On va peut-être rentrer, François... On va être mouillé...

— Non, encore ! Encore !! Taïaut !

J'aurais voulu lui faire le coup de mon étalon et foncer dans la ville pour lui passer à jamais l'idée de me confondre avec un pur-sang. Mais il semblait peser au moins quatre fois mon poids et mon corps noueux pliait sous lui. Bien vite, je m'écroulai, épuisé.

— Oh non ! Allez, debout ! Debout !

Il me donna des petits coups de bâton. Je me relevai péniblement en chancelant. La pluie redoublait d'intensité.

— Tu sais que je vais peut-être être roi ?

Sous les grosses gouttes qui transperçaient nos pelisses, il souriait, insouciant, heureux.

— Oui, je sais…

— T'imagines ? Je voudrais un cheval énorme ! Le plus grand de tous les chevals du monde ! Et une épée énorme ! La plus puissante de toutes les épées du monde ! Je ferai la chasse tous les jours ! Et puis la guerre, et puis la chasse ! Et puis la guerre ! Et puis encore la chasse. On rigolera bien !

Je ne sus quoi répondre.

— Euh… On pourrait rentrer !

— Mais ça sera quand même toi mon cheval préféré ! Allez, taïaut !

Trempé de pied en cap, il prit son élan pour remonter sur mon dos.

— Mon César ! Viens ici !

Cette voix brisa son élan. Elle avait la froideur de l'acier. François lâcha son épée pour rejoindre une femme, aux longs cheveux noirs et à la peau sépulcrale. Ses os sculptaient sous sa chair une silhouette sèche et austère, raide sous la pluie battante.

— J'arrive, mère.

Je regardai ce gros garçon courir en sautant dans les flaques. Si le roi venait à mourir demain, il prendrait sa place et recevrait, en un éclair, ce si lourd présent. Quel Dieu pouvait donc bien avoir eu une idée aussi absurde ?

La question était d'autant plus préoccupante que Louis XII rencontrait quelques soucis de santé. Parfois, la douleur le faisait grimacer.

— Vous en faites une tête ! Vous voulez me voler ma place, sire ? lui lançai-je un jour. En ce cas, je veux la vôtre.

Sa grimace se mua en sourire.

— Tu ne crois point si bien dire, mon bon Triboulet. Tu viendras cet après-midi en salle du conseil. J'ai besoin de toi.

— En salle du conseil ? Vous avez donc définitivement perdu la raison !

D'un geste calme, le roi posa sa paume sur ma tête. C'était enveloppant et chaud. Pour la première fois, une main se posait sur moi sans vouloir m'abîmer.

Quelques heures plus tard, je me retrouvai donc autour d'une vaste table, les yeux des seigneurs, officiers, ministres braqués sur moi, l'erreur, l'anomalie du protocole. J'en avais presque perdu l'habitude.

— Les affaires pourraient aller mieux, commença le roi. Ce début de siècle s'annonce décisif. J'ai le cœur tourné vers les provinces transalpines. Notre royaume ne peut tolérer ces terres rebelles.

Il déploya une grande carte sur la table.

— Nous repartirons donc dans les prochains mois. Maréchal, de combien d'hommes disposons-nous ?

Au bout de la table, Gié semblait embarrassé. Après un long silence, il bredouilla :

— C'est difficile à dire… Il faudra peut-être compter sur l'appui des…

— Je ne veux point d'à-peu-près, coupa le roi. Je ne veux point de peut-être. C'est à la guerre que nous allons. Pas conter fleurette à la première jouvencelle venue.

Je pouffai. La tablée me bombarda du regard.

— Qu'est-ce qui te fait rire, mon Triboulet ?

— La tête du maréchal, sire ! D'habitude elle ressemble à une mer déchaînée, là elle ressemble à sa mère enchaînée.

Le roi sourit. Les autres, aussi. Même Gié. Contraint et forcé.

— Qu'est-ce que tu ferais à ma place, Triboulet ? Tu peux me le dire ? Qu'est-ce que tu ferais ?

— J'abdiquerais, sire.

Le roi, surpris, esquissa un léger mouvement de recul.

— Comment donc ?

— J'abdiquerais.

— Mais pourquoi ?

— Parce que vous ne régnez sur rien. Pas même sur vous. Avez-vous choisi d'être roi ? Non. Vous n'avez même point choisi ce que vous êtes, et vous voudriez conduire le destin des hommes ?

Le roi me fixait en silence.

— N'écoutez point ce fou, sire ! Il débite énormités sur énormités ! gronda la voix forte et puissante d'un conseiller.

— Mais oui, c'est un débile, Votre Majesté ! Personne ne comprend ce qu'il fait là. C'est une entrevue sérieuse, reprit un autre.

D'un geste de la main, le roi les fit taire.

— Savoir se faire passer pour un fou est signe d'une grande intelligence.

Le roi connaissait-il Érasme ? Moi je le dévorais tous les jours, en apprenais des passages entiers. Il n'avait pas son pareil pour parler des rois.

« Donnez-lui le collier d'or, symbole de la réunion de toutes les vertus, la couronne ornée de pierres fines, pour l'avertir de l'emporter sur tous par un ensemble de vertus héroïques ; ajoutez-y le sceptre, emblème de la justice et d'une âme incorruptible, enfin la pourpre, qui signifie le parfait dévouement à l'État. Un prince qui saurait comparer sa conduite à ces insignes de sa fonction rougirait, ce me semble, d'en être revêtu et redouterait qu'un malicieux interprète ne vînt tourner en dérision tout cet attirail de théâtre. »

J'étais cet interprète, pour mon plus grand plaisir et celui du roi. Je n'aimais rien de plus que le voir quitter sa mine sévère pour goûter un de mes traits d'esprit. Son corps se secouait alors, comme saisi de spasmes.

— Les Grecs appelaient le rire « le secoueur », m'avait glissé un jour Le Vernoy.

Chaque soir, un livre à la main, à la lueur de ma bougie, je bénissais mon maître de m'avoir appris à décoder ces mots qui, à présent, dansaient dans ma tête.

— Vous êtes blanc. On dirait Caillette.

Face à lui, en cette matinée, je le découvrais pourtant pâle comme jamais.

— Encore de mauvaises nouvelles. Un enfant mort en couches. Un de plus. Un garçon. Nous sommes maudits. Et pour ne rien arranger, le roi est à nouveau malade. Il craint de mourir. S'il trépasse sans héritier, la couronne revient…

— À François, je sais…

— Notre bon roi ne peut point se résigner à voir son pouvoir s'échapper de son sang…

— Qu'est-ce qu'il peut faire ?

— Il va fiancer sa fille Claude à François. C'est la seule manière pour lui de passer à la postérité.
— Claude ? Mais elle est si petite…
— Six ans.
— Et François en a à peine onze…
— Et alors ?
J'hésitai.
— C'est ça qu'on appelle… l'amour ?

Jamais je n'obtins de réponse. Mais la fête de fiançailles fut des plus somptueuses. Je n'avais jamais connu mon François aussi joyeux. Il gambadait dans son costume de velours brodé. La petite Claude souriait, paisible et délicate, assise sur une chaise dorée. Moi, j'allais de convive en convive lancer des saillies avec grand succès. Même le cardinal d'Amboise et le maréchal de Gié faisaient mine de tolérer ma présence.

Seule absence notable : celle du roi. Alité, pour des saignements, disait-on. Même sans lui, la fête battait son plein et la musique emplissait la grande salle du château. Une pièce de théâtre se jouait entre deux portes où des comédiens mimaient des scènes de la vie de notre bon souverain, sous les acclamations des spectateurs. On dansait, on buvait, on ripaillait. Soudain, le silence se fit. Un homme venait de monter sur une table. Son costume blanc me creva les yeux. Sa voix me hérissa les poils.

— Oyez, oyez, pour célébrer cette union sacrée, un petit poème je vais vous délivrer.

— Dommage qu'on puisse fermer les yeux mais point fermer ses oreilles, déclarai-je tout haut.

La cour ricana.

— Allez-y, Jean, nous sommes tout ouïe, intervint la reine Anne, de son autorité naturelle.

Sa parole était rare. Sa voix était douce. Je ne comprenais pas son affection pour Marot qui à présent plastronnait.

— Mon poème, qui s'intitule « À tout jamais d'un amour immuable », est dédié à Claude et François aujourd'hui réunis.

À tout jamais, d'un vouloir immuable,
La veuil servir, comme la plus notable
Qui soit vivant, et du plus beau maintien.
La raison est : car son cœur et le mien
Ne sont plus qu'un par un vouloir semblable.

Si la mièvrerie avait un visage, elle aurait eu celui de Marot. L'assistance semblait suspendue à ses paroles. Je m'approchai de lui.

Serais-je pas doncques bien misérable
D'être vers lui traître ni variable,
Considéré le plaisant entretien
Qu'elle m'a fait ? Je servirai si bien
Que de ma part l'amour sera durable...

— Ou encor' instable ! le coupai-je.

Surpris, Marot baissa les yeux vers moi, puis me répondit par une moue de dégoût. Je lui retournai son mépris par une grimace et dodelinai de la tête pour faire tinter mes grelots.

— Léger, tel' la table ! ajoutai-je en soulevant celle-ci d'un coup sec.

En un instant, le poète perdit l'équilibre et chuta du haut de sa superbe. Il n'eut pas même le temps de crier. Gisant au milieu de débris de porcelaine et d'éclats de bois peint, il semblait soudain moins à son avantage. Toute la cour s'anima tandis que je restais là, satisfait du fracas. La reine Anne me lança un regard de feu. Malgré mes égards pour elle, je n'avais pas pu m'empêcher. Voulant venger l'affront, Louise de Savoie fonça vers moi. J'allais esquiver ses coups lorsqu'un rire large et généreux éclata. Il arrêta la mère de François dans son élan. C'était celui de notre bon roi qui avait bravé le mal pour venir saluer les invités. Son visage amaigri et ses traits tirés me firent de la peine. Il était soutenu par deux laquais mais semblait sur le point de s'effondrer à tout moment. Mais il riait encore. De toutes ses forces restantes.

De nombreux « Vive le roi !! », « Gloire à Sa Majesté ! » s'élevèrent. Marot se releva péniblement et partit en titubant jusqu'à une porte. On ne le revit plus de la soirée.

Peut-être y étais-je allé un peu fort. Après tout, personne n'est contraint au génie. Et s'il avait trouvé sa place avec quelques mots lancés au hasard, n'était-ce pas mon cas à moi aussi ?

Lorsque, tard dans la nuit, je regagnai ma chambre, l'esprit embrumé, je découvris ma porte entrouverte. Inquiet, je la poussai le plus doucement possible. Dans mon lit, une silhouette tressaillit.

Marot ! pensai-je immédiatement. Il vient se venger. Je vais d'abord lui attraper les cheveux et lui aplatir le nez, lui écraser la tête contre…

— Tu viens ? chuchota alors une voix douce.

Étais-je à ce point saoul ? Dormais-je déjà ?

— Je t'ai attendu des heures !

— Lisette ?

— Viens…

Mon corps se figea.

— Allez… Viens…

N'en croyant pas mes oreilles, je m'approchai à tâtons du lit.

— Oh, ce que tu lui as mis à Marot ! J'en ris encore !

— Tu es sûre que tu ne t'es point trompée de cham…

— Chuuuut… Viens. Mais tais-toi…

J'avançai encore jusqu'à sentir ma main toucher les draps. Puis un corps doux et brûlant.

— Allonge-toi, murmura-t-elle.

Sa main parcourut mon torse. Mon cœur cognait dans mes oreilles. Je découvrais ses formes dans la pénombre, passais mes doigts dans ses longs cheveux.

À mon réveil, elle n'était plus là. Moi, je n'étais plus le même.

*

* *

Les frissons qui courent sur ma nuque et le long de mon cou me rappellent cette nuit, ces peaux qui se frôlent, se mélangent, cette découverte des caresses, des baisers, de la volupté des chairs. Celles que, pour d'autres raisons, on transperce, on mutile, on déchiquette.

— Triboulet, pour te récompenser de ta fidélité, je t'offre un voyage ! Nous partons pour l'Italie ! m'annonça le roi.

Je levai la tête, surpris.

— Tu n'as rien contre le fait que des milliers de soldats nous accompagnent ? ajouta-t-il.

Il sourit.

— Tu vois, il n'y a pas que toi qui s'y connaît en farce !

Celle-ci ne me faisait pas rire. Il enchaîna :

— Je ne serai certainement pas aussi guilleret une fois sur place. J'aurai bien besoin de me changer les idées. Je compterai sur toi.

Cette décision m'accabla. Partir en guerre ? Pourquoi ? Contre qui ? Louis ne me donna pas d'autres précisions. Seul Le Vernoy tenta de me l'expliquer :

— C'est une bien longue histoire... Les provinces italiennes sont sources de convoitises depuis des siècles. On s'y affronte. On s'y confronte. On y règle ses comptes. On s'y mesure.

— Mais quel intérêt ?

— Le pouvoir, mon Triboulet.

Le Vernoy me parut aussi abattu que moi.

— À quoi dois-je m'attendre ? demandai-je la mâchoire tremblante. Que vais-je rencontrer ?

Le Vernoy prit le temps de réfléchir. Son front se rida.

— La vraie folie.

Ce fut d'abord une longue chevauchée vers « la botte », bien rivé cette fois à la selle de mon cheval. Aux côtés de notre souverain, nous cheminions à travers les provinces, nobles en tête et soldats à l'arrière, sur des chaussées de terre ou à travers champs. À chaque traversée de village, les cloches sonnaient, la foule nous saluait. Louis lui rendait son affection d'un sourire ou d'un geste de la main. Nos campements étaient l'occasion de découvrir et s'empiffrer de pâtés aux truffes de Bourgogne, de vin de la vallée du Rhône, de perdrix farcies de Savoie. Mais l'ennui nous gagnait. Cette route n'en finissait pas. Et je n'étais pas le seul à faire preuve d'impatience.

— C'est interminable, se plaignait le roi.

— « Entre minables » serait plus juste non ? lui répondis-je.

Le roi me regarda sans toutefois parvenir à sourire. Regrettait-il déjà de m'avoir amené dans ses bagages ? Notre long convoi se mouvait lentement à travers les reliefs, traversant les ponts, avalant les collines, courbant la tête sous la pluie, la neige, étouffant sous le soleil brûlant. Nous devions ressembler à un long serpent qui ondule.

— Qu'est-on venu faire si loin, sire ?

— Reprendre notre dû. Pour la gloire du royaume de France.

— C'est-à-dire ?

— Récupérer ces villes, des terres, et signer les accords qui ramènent ces pauvres malheureux dans notre vaste giron.

— Et croyez-vous qu'ils vont se laisser faire ?

La mine du roi s'assombrit encore davantage. Puis il s'enferma définitivement dans le silence. Je voyais bien qu'il souffrait.

— Halte ! s'écria une voix puissante.

Je levai la tête. Devant nous, un campement plus grand que les autres avait été dressé. Un vent léger portait la fraîcheur du soir. Les chevaux piaffaient.

— Benvenuto ! Viens par là ! me lança un page. Suis-moi, je t'emmène à ta tente.

Elle était sommaire. Une toile tendue entre deux piquets et une paillasse à même le sol sur laquelle je m'écroulai de fatigue.

— Prépare-toi à un réveil sympathique, ajouta le page alors que je somnolais déjà.

Au premier coup de canon, mon corps décolla du sol. Au deuxième, je roulai de ma couche. Au troisième, je jaillis hors de ma tente.

Dehors, des soldats s'agitaient, s'équipaient, criaient. Des officiers donnaient des ordres. L'odeur de la poudre me remplit les narines. Je me mis à courir, au hasard, paniqué, fuyant ma propre peur. Autour de moi, on harnachait les chevaux, on faisait résonner des trompettes. À bout de souffle, je faillis m'empaler sur une hache d'armes qu'un fantassin tendait à un homme à cheval. Un arquebusier arrêta net ma course.

— Tu veux mourir ?

Je levai les yeux. Devant moi s'étalait un champ de saccage. Les cris, le bruit de l'acier, des canons, des visages lacérés, d'autres figés dans la mort, les chevaux couchés, le ventre ouvert. Plus rien ne semblait avoir de valeur. Sauf un prétendu honneur. Celui de mourir à la guerre. Une leçon de Le Vernoy me revint en mémoire.

— Tu vois, à la guerre, il est très important que les nobles soient immédiatement reconnaissables. C'est pour cela qu'ils portent sur eux leurs couleurs, celles de leurs armoiries, de leur famille. Un seigneur doit mourir en son nom. Mais lorsqu'il trépasse, il est immédiatement dépouillé de son armure, de ses vêtements, de ses bijoux par l'ennemi. Donc point moyen de distinguer son corps nu de celui des fantassins. Alors certains, un peu plus malins, se laissent pousser un ongle d'orteil. Pour ainsi échapper à l'oubli. Leur hantise est de se retrouver anonyme, dans la fosse commune.

— Ils veulent être à part, même dans la mort.

— Tu as tout compris.

Une détonation d'arquebuse éclata à mes oreilles. Je bondis dans une grande tente pleine de lits de camp, et me glissai sous le premier venu.

— Posez-le là ! Dépêchez-vous !

— Attention !

— Vous allez le faire tomber !

Un fracas de métal retentit, suivi d'un hurlement. À quelques coudées de moi venait de chuter un homme en armure. Son heaume relevé, il croisa mon regard d'un seul œil, l'autre était transpercé d'une flèche. Le sang coulait, mélangé à un étrange liquide transparent et visqueux. J'en avais le souffle coupé. Deux hommes s'emparèrent de lui pour le relever. Il hurla à nouveau en appelant sa mère. Un des hommes se pencha sur lui.

— Ça va piquer, annonça-t-il.

Il posa son pied sur la tête du chevalier et, d'un geste vif, arracha la flèche. Du sang gicla. L'homme eut un dernier sursaut, puis s'immobilisa.

— Embarquez-le !

Je n'osai sortir de ma cachette. Pendant des heures, je subis des bruits de scies découpant l'acier et les os. Bien vite, le sol ne fut plus qu'une mare rouge écarlate. Je ne pus réprimer une envie de vomir. Le front trempé, je me roulai en boule en récitant Érasme :

— « La guerre est chose si féroce qu'elle est faite pour les bêtes et non pour les hommes ; c'est une démence envoyée par les Furies, selon la fiction des poètes, une peste qui détruit les mœurs partout où elle passe, une injustice, puisque les pires bandits sont d'habitude les meilleurs guerriers. Ils trouveront ensuite maint docte adulateur pour décorer cette évidente aberration du nom de zèle, de piété, de courage, pour démontrer par raisonnement comment on peut dégainer un fer meurtrier et le plonger dans les entrailles de son frère, sans manquer le moins du monde à cette charité parfaite que le Christ exige du chrétien envers son prochain… »

Lorsque la nuit fit cesser le vacarme, je ne ressentais plus rien. Ni mes membres, ni mon cœur. Dans mes oreilles persistait seulement un sifflement lointain. Ma vue était brouillée, et mes narines encombrées du parfum de la mort. Sous les pâles rayons de la lune, je peinais à me diriger. Au loin, les feux des camps des lignes ennemies dégageaient d'épaisses fumées. Je suffoquais. La nuit était calme.

Alors que je longeais la tente du roi, un garde me barra la route.

— N'avance point d'un pas, ou je te transperce.

— Je suis Triboulet.

— Je sais qui tu es. N'avance point d'un pas. Sauf si tu veux te faire larder.

Le garde dégaina sa rapière.

— Je veux parler au roi. Il a besoin de moi.

— Sa Majesté ne veut voir personne. Point d'officiers, point de maréchaux. Rien. Personne.

Mon roi avait-il renoncé à la légèreté, à la gaîté ? N'avait-il plus besoin de moi ? Pourtant, moi, j'avais besoin de lui. Tant de questions à lui poser : Que fait un fou sur un champ de bataille ? Comment faire rire sur un tas de cadavres, porter la farce dans l'ignoble ? De quel mal le monde était-il atteint ? Et surtout, de quel mal souffrait-il lui-même ?

De retour sur ma paillasse, je me bouchai les oreilles et fermai les yeux. Pendant des heures. Des jours. Je retrouvais mes sensations de naguère. Seul et inutile. Au milieu du chaos.

Sur le chemin du retour à Blois, je n'osai pas questionner mon roi. Je me contentai de me taire, la tête basse, les yeux lourds. J'avais mal au ventre, à la tête, aux jambes. J'avais maigri. Mon cheval s'efforçait d'avancer d'un pas souple comme s'il avait conscience de mon calvaire. Notre convoi avait perdu en densité mais il se disait que nous avions vaincu. À mon côté, le roi avait les traits creusés. Sa tête semblait peser mille livres.

Par une sombre fin d'après-midi, alors que le camp venait d'être installé pour passer la nuit, il me fit venir près de sa tente.

— Ah, mon Triboulet… Quelle histoire ! Que cela doit te sembler vain…

Assis sur un siège pliant, il fixait le feu d'un œil vide. Le halo rouge et orangé des flammes se reflétait sur son visage blafard.

— La vanité… N'est-elle pas… la meilleure amie du pouvoir ? Tels le furoncle et le visage du comte d'Espinay, articulai-je péniblement.

— Tu es drôle, Triboulet, répondit-il sans esquisser le moindre sourire. Mais ma vie n'est qu'une malédiction pour ce royaume…

— Sire, pourquoi venir combattre si loin ? Pourquoi sacrifier…

— Je ne te parle point de ce combat-là.

Un silence s'installa. Tout autour, le camp dormait.

— Ignores-tu à ce point le mal qui nous afflige ? Notre bonne reine est incapable de faire naître un héritier. Je suis la risée du monde.

Ses yeux devinrent humides. J'eus grande peine à le voir ainsi.

— Cette bataille-là n'est point perdue, sire. Ne baissez point les bras. Ni le reste !

Il soupira, puis dans un effort, releva la tête.

— Merci d'être là, mon brave Triboulet.

Le désespoir l'habitait au point de s'en remettre à moi. En tournant les talons pour m'en aller, mon regard croisa la silhouette d'un monstre. Mon hurlement dut réveiller tout le campement. Le roi sursauta.

— Triboulet ! Quelle farce me joues-tu encore ?

Tremblant d'effroi, je n'arrivais pas à détourner mes yeux de cette créature effrayante. Elle aussi tremblotait.

— On dirait que tu ne goûtes point le cadeau que j'ai ramené pour la reine, commenta le roi qui avait retrouvé le sourire.

— Le cadeau ?

— Oui, ce que tu as devant toi. Cela s'appelle un miroir.

*

* *

Sous mon châtaignier, je passe la main sur mon front. Il est trempé. Pourtant, l'air est sec. Mais les blessures de l'âme traversent les années. Nous approchons la fin de matinée, si j'en crois le soleil qui darde ses rayons d'or sur le dos des pauvres paysans. Je les vois s'échiner dans les champs, en contrebas, les pieds et les mains dans la terre. Tandis qu'à quelques lieues, dans les jardins du château, on parade, on profite de la douceur. On se toise aussi, on se compare. La vie des nobles, aussi enviable soit-elle, demeure rythmée de coups bas et de défiances. À l'époque, je n'avais vécu qu'un avant-goût de cette permanente perfidie.

— Mais ? Tu es vivant ?

C'est par ces mots que Le Vernoy m'accueillit à mon retour d'Italie. Je ne comprenais pas.

— Tiens, puisque désormais tu sais lire !

Il me tendit un morceau de parchemin.

Triboulet, fol du roi, oyant le bruit, l'horreur
Courait parmi la chambre, eut si grande frayeur
Que sous un lit de camp de peur s'est retiré
Et crois qu'encore y fût qui ne l'en eût tiré.
N'est de merveille donc si sages craignent coups,
Qui font telle trémeur aux innocents et fous.

Pas besoin de signature. Je reconnus immédiatement le style. Ou plutôt, l'absence de style.

— Marot, le maraud !
— Lis la suite…

Triboulet fut un fol de la tête écorné
Aussi sage à trente ans que le jour qu'il fut né
Petit front et gros yeux, nez grand taillé à voûte
Estomac plat et long, haut dos à porter hotte.

— Mais, c'est…
— Une épitaphe. Jean Marot raconte à qui veut l'entendre que tu es mort. Je n'y ai pas cru un seul instant, mais je fus l'un des rares. Beaucoup se sont réjouis. Quelques-uns t'ont pleuré, ici. J'ai même vu Lisette verser une larme.

Le sang me monta à la tête. Non content d'avoir raconté mes exploits sur le champ de bataille, ce scélérat m'avait désormais rayé de la vie.

— Au secours ! s'écriait-on à mon passage. Un mort-vivant !

Dans la cour du château, les courtisans se figeaient, partaient en courant, hurlaient en se signant.

— Un fantôme !

Certains me jetaient des cailloux.

— Hors d'ici, Satan !

J'étais devenu un spectre. Le plus bancal que l'au-delà n'eût jamais connu. Comme si mon corps venait les hanter, encore et toujours, malgré moi. Comme s'il ne pouvait m'appartenir totalement.

Enfermé dans ma chambre, je ne trouvais plus le sommeil. Les paupières closes, le fracas des canons retentissait dans mon crâne. Mes draps n'étaient que sueur et bile. Ma peau, angoisse et souffrance. Parfois, je me levais la nuit pour sillonner les couloirs du château, un flambeau à la main, en quête d'épuisement. Tentative d'anéantissement du corps. Toujours lui. Source intarissable d'intranquillité.

Dans le royaume, l'état de guerre était permanent. Il revenait sans cesse, comme un cycle infernal. Le roi, mon roi, pourtant si bon et magnanime, y retournait avec fureur, m'entraînant avec lui dans sa spirale sanglante. Ainsi, tout recommençait. Les corps qui tombent, les boyaux qui giclent, les chevaux qui s'effondrent. Les hurlements de rage et de douleur. Impossible de m'habituer. Un beau jour, je me retrouvai, par la plus grande des infortunes, au cœur de la bataille.

Qu'avais-je donc fait pour arriver là ? Impossible de me souvenir. Sans doute n'avais-je pas eu le temps de fuir devant la vivacité de l'assaillant. Mes courtes jambes m'avaient trahi, une fois de plus. Dès lors, j'étais piégé. Au-dessus de moi, les épées étaient sorties des fourreaux et les corps-à-corps faisaient rage. Comme si je n'existais pas, invisible à leur furie, des hommes tentaient de s'anéantir. Les bruits de ferraille frappaient mes tympans, le sang éclaboussait ma tunique, un bras arraché tomba à mes pieds. En levant la tête, un homme était figé devant moi, bouche ouverte. Il restait là. Tétanisé à ma vue, comme si, au milieu de l'horreur, il avait trouvé plus effroyable encore. Sans me quitter des yeux, il se mit à trembler de tous ses membres. Immobile, je lui souris. Autour de nous, les combats continuaient. Une épée trancha net sa tête, qui roula au sol. Le fou rire me saisit.

Soudain, les cieux s'assombrirent. Une vaste ombre recouvrit peu à peu le théâtre des atrocités. Tous les soldats s'arrêtèrent net pour lever la tête. Flottant dans les airs, majestueux et gracile, planait un dragon. Il nous regarda, ouvrit grand sa gueule et cracha une puissante gerbe de feu. J'essayai de fuir, mais je courais au ralenti. Je me réveillai en sursaut. Trempé. Épuisé.

Les questions tournaient en boucle dans ma cervelle. Qui est fou ? Qui est sage ? Celui qui se réfugie sous un lit pour ne pas mourir ? Ou celui qui se jette dans sa perte pour le bon plaisir d'un souverain, ou bien d'une renommée qu'il s'imagine glorieuse ? Qu'espère-t-il, celui qui agit ainsi ? Une place dans l'éternité ? Que craint-il ? Le déshonneur ?

Des petits cris stridents me tirèrent de mes pensées. Puis des coups répétés, des grognements, des murmures. J'allumai une lanterne et quittai ma chambre. Le raffut semblait venir des combles. Il redoublait d'intensité, puis se calmait, puis s'accentuait encore. À la lueur de la flamme, quelques marches se dessinèrent devant moi. Dans l'obscurité épaisse, je progressais prudemment, à la recherche de ce curieux animal qui semblait dévorer sa proie dans l'intimité de la nuit. J'avais déjà échappé à un dragon, je n'avais plus peur de rien.

C'est d'abord un morceau de peau qui se révéla à mes yeux. Un poignet fin. Puis un jupon, des hanches étroites, une jambe maigre relevée, des bras mêlés, des visages. Celui de Marot. Celui de Lisette.

Je restai muet, pétrifié. Le poète, un instant surpris, partit d'un grand rire nerveux tandis que Lisette détalait, tenant sa robe par-dessus ses genoux.

— Elle a tort cette petite ! Ce n'est point tous les jours qu'on croise un défunt !

Je sentis le sol se dérober sous mes pieds. Autour de moi, tout tournait. J'étais ivre de colère, d'effarement. Le rire de Marot rebondissait sur les pierres. Je lâchai ma lanterne. Je ne vis plus rien.

— Paraît-il que l'on t'a retrouvé sans connaissance dans un escalier du château, s'inquiéta le souverain quelques jours plus tard. Tu es certain que tout va bien ?

— Oui, oui, répondis-je timidement.

— Je te trouve bien taciturne.

— Ne vous inquiétez point, sire. C'est passager…

— J'espère ! Que ferais-je d'un fou sans joie ? Et pourquoi pas un écuyer sans cheval.

— Ou un cardinal vertueux ?

— Ah, voilà ! Là, je te retrouve, mon Triboulet !

Autour de la grande table de la salle de réception, le cardinal d'Amboise força un rictus.

J'essayais mais mon cœur résistait. Comment faire rire avec l'esprit au fond d'un puits ? Comment, sans joie, en offrir aux autres ? Je ressassais sans fin ces questions de survie ou de mort. Y repenser aujourd'hui me serre la poitrine. Il n'y a sans doute aucune volupté plus désirable que la solitude choisie, mais rien de plus cruel que la solitude subie. L'abandon, toujours. Le rejet, encore. Un seul remède : l'amitié. Et celle de François m'était précieuse. Il était devenu un beau jeune homme plein de vigueur et d'entrain.

— Ne t'en fais point ! Y'en a plein des demoiselles !

— C'est facile pour toi, tu es fiancé…

— C'est vrai ! Et pas à n'importe qui, tu as vu ça ? Claude ! La fille du roi ! C'est épatant. Ma mère jubile et… Oh ? Regarde celle-ci. Hé, je vous salue, ma mie !

Une jeune servante tourna la tête et adressa un large sourire à François. Je le regardai avec admiration envoyer mille baisers à celle qui semblait les attraper au vol.

— Et vois, encore celle-ci ! Hé ! Tu connais mon cousin Triboulet ? Tu lui plais beaucoup.

Une autre jeune fille passa en riant.

— C'est la fille d'un notaire de Dijon ! Elle a une peau douce comme les figues, et chaude comme les feux de la Saint-Jean. Elle m'a tenu éveillé toute la nuit. Sa bouche est comme une… Oh, regarde celle-ci ! C'est la cousine du duc d'Anjou ! Quand elle a enlevé son corset j'ai failli m'évanouir ! Ses seins sont fermes et lourds comme des boulets et…

— François !

Il s'arrêta subitement. Son visage devint grave. Louise venait d'apparaître au coin de la cour.

— Rentre immédiatement !

— J'arrive, mère !

François déguerpit sur-le-champ pour la rejoindre.

— Que traînes-tu encore avec ce bouffon ? le tança-t-elle.

Plus encore que sa défiance, c'est ce vocable qui me surprit. Bouffon. Deux syllabes qui sonnèrent à mes oreilles de manière bien plus sympathique que « fol » ou « fou ».

— Sans doute ses musiciens lombards le lui ont-ils transmis, m'apprit Le Vernoy. Ils disent *buffone*. Tiens, à propos d'Italie... Entre, Niccolò !

Dans l'embrasure, apparut une fine silhouette.

— Triboulet, je te présente un des esprits les plus éclairés de notre temps. Il nous vient de Florence. Il est en visite diplomatique.

Un jeune homme entra. Son visage dégageait une sérénité à peine troublée par un sourire malicieux. Il était svelte et juvénile.

— Niccolò, je te présente Triboulet.

— Je le connais déjà !

Il me regarda. Je crus sentir quelque admiration.

— À la cour, on parle beaucoup de toi.

— Ah bon ?

— Oui, tu es aimé par certains, détesté par beaucoup, mais, surtout, craint par tout le monde.

Cela m'amusa. L'idée même que mes farces puissent engendrer de la peur était, en elle-même, une facétie des plus réjouissantes. Ainsi, de cible, je serais devenu archer ?

— Cela signifie que tu fais bien ton travail. Le roi a besoin de toi. Il n'est entouré que de flatteurs. Il lui faut quelqu'un pour lui souffler la vérité. Tu sais, dans la Rome antique, lorsqu'un empereur était consacré, lors du défilé durant lequel il parcourait la ville de part en part, un esclave se plaçait derrière lui pour lui répéter : « *Hominem te esse.* » Tu sais le latin ?

Je regardai Le Vernoy.

— « Rappelle-toi que tu n'es qu'un humain. »

— *Bravissimo !* Aujourd'hui, c'est toi qui dis au roi qu'ils ne sont que de simples mortels. *Memento mori !*

— C'est ça que je fais ?

— En quelque sorte… Mais pas seulement. Tu sers également à remettre à leur juste place ses conseillers trop présomptueux. Crois-moi, tu es utile. Tu es même précieux.

— Vous exagérez…

— Je t'assure que non. Les princes ont besoin de ça. Tu es un fou. Un fou qui tient le rôle de garde-fous.

Il parlait d'un ton calme et doux.

— Tous les pouvoirs craignent le rire car il est libre comme un torrent de montagne. Alors ils tentent de le maîtriser, de lui donner des contours officiels. D'où ton costume. Fais attention à ne point te laisser emprisonner dans ton rôle.

— « J'aime mieux passer pour un fou et pour un être sans valeur, que d'être sage et morose. »

— Je vois que tu connais tes classiques.

Il me souriait.

— Si un jour tu es de visite, n'hésite pas…

Il me tendit un morceau de papier.

Niccolò di Bernardo dei Machiavelli. Firenze.

Étais-je fou ? Ou bouffon ? Pouvait-on être les deux ? Je repensais à Caillette. Que devenait-il ? Voilà bien longtemps que je ne l'avais pas vu et la culpabilité s'empara de moi.

En arrivant devant l'enclos, je fus pris d'un curieux pressentiment. Je ne vis que le vieux perroquet, et deux poules qui mâchonnaient quelques graines la tête plongée dans un seau. Je questionnai un jeune valet.

— Le porc-épic ? On l'a retrouvé un matin de grand froid. Mort.

— Non, quand je te dis « où est notre ami ? », je te parle de Caillette !

— Ah, Caillette ? Il s'est enfui, il y a quelques mois. Il était incapable de se nourrir tout seul. Les derniers jours, on était obligés de lui attacher les mains parce qu'il se griffait le visage. On l'a retrouvé dans un fossé, raide comme la justice.

Comme l'injustice, pensai-je.

Des images me revinrent en tête. Son sourire innocent, et sa petite tête posée sur ce grand corps. Avait-il compris son sort et décidé de ne plus subir ? Ou avait-il vécu jusqu'au bout insouciant et heureux ? Le royaume des cieux lui appartenait-il après avoir été moqué et méprisé dans cet enfer terrestre ? Coulaient sur mes joues, des larmes amères. Je lui devais tout.

Les reines non plus ne sont pas immortelles. Anne, l'épouse de Louis, s'éteignit peu de temps après, accablée par le mauvais sort. Lasse d'enfants morts en couche, épuisée par les jeux politiques incessants, elle quitta la vie au cœur du château, enfermée dans ces pierres, loin de sa Bretagne et de ses plaines balayées par les vents.

En y repensant aujourd'hui, j'ai le regret de ne pas l'avoir davantage connue, le remords de l'avoir sans doute trop souvent froissée au travers de son protégé Marot. Elle était admirée et respectée. La cour était dévastée de chagrin, le roi en tête. Il tournait en rond dans la grande salle d'honneur. Je le regardais, impuissant, ne trouvant aucune astuce pour le sortir de sa torpeur. Les funérailles durèrent quarante jours, pendant lesquelles je me sentis bien inutile.

Un soir, après le dîner, alors que nous étions tous deux dans le vestibule qui conduisait à sa grande chambre, Louis s'ouvrit à moi tel un roi de retour parmi les hommes.

— Parfois, j'aimerais être toi, confessa-t-il. Faisant fi des stratégies, des vanités. J'aimerais être juste là, avec des grelots et une marotte. Rire à la face du monde, peindre son absurdité sous ses yeux, lui hurler sa bêtise !

Il soupira.

— Dire que je t'avais d'abord pris pour un authentique idiot…

— Attention, sire ! Si c'est une demande en épousailles, je vous rappelle que comme terres, je ne possède que ça !

Je plongeai la main dans ma poche pour en sortir une poignée de tourbe sèche que je lançai en l'air. Le roi sourit. Puis retomba dans ses abîmes.

— Et si jamais je n'arrive plus à faire rire le roi ? Que va-t-il m'arriver ? m'inquiétai-je dès le lendemain auprès de Le Vernoy, assis devant un grand feu de cheminée.

Sa sagesse résonnait jusque dans ses silences. Jamais ses réponses n'étaient précipitées. Jamais mes questions n'étaient sous-estimées.

— Il traverse une mauvaise période. Le royaume aussi. Mais il en a vu d'autres. Tu as de la ressource, je ne me fais point de souci pour toi. Sois patient.

Il parlait lentement. Sa voix était posée. La chaleur des flammes me réchauffait autant que sa parole.

— Êtes-vous heureux, Le Vernoy ?

Son silence fut plus long.

— Oui. Je le crois.

Une bûche craqua.

— Mais sans doute suis-je comme le roi, reprit-il.

— C'est-à-dire ?

— Il me manque un fils.

Mes yeux s'embuèrent quand les siens se posèrent tendrement sur moi. Ses silences semblaient durer des siècles.

— Apprendre, c'est aimer, ajouta-t-il.

Je n'osai pas tourner ma tête vers lui. Mon cœur explosa de tendresse. Je reniflai dans ma manche.

— Tu sais garder un secret ?

— Oui.

— Alors, écoute-moi bien…

Je ne faisais que ça.

— Le roi va se remarier.

Dans un premier temps, je restai hébété. La phrase tourna dans ma tête sans trouver sens.

— Mais ? Il est détruit par le chagrin… Et la maladie…

Calmement, Le Vernoy poursuivit :

— Notre roi ne veut point laisser la place à François, ce « gros garçon », comme il l'appelle. Il ne lui trouve ni les capacités d'un chef, ni son état d'esprit. Il est prêt à tout pour offrir une descendance digne du royaume de France.

Je jubilai intérieurement en pensant à la rage qui gagnerait Louise dès la nouvelle parvenue à ses oreilles. Car si tout le royaume était en deuil, elle semblait peiner à l'être.

Sous son voile blanc qui dissimulait mal un léger sourire, je la croisai, ravie de penser enfin s'ouvrir la porte d'une destinée royale pour son petit César.

— Je n'avais jamais vu une colombe noire au cœur si léger, lui lançai-je en passant à sa portée.

Elle baissa la tête en ma direction puis se mit à sourire plus largement.

— C'est bien la première fois que tu m'amuses, me répliqua-t-elle.

— Viendrez-vous au mariage ? m'enquis-je, tout sourire.

Son sourire s'effaça.

— Que racontes-tu encore comme absurdité ?

— Je vous demande si vous allez venir au mariage de notre bon roi.

Elle ravala sa salive.

— Encore une de tes farces puériles ?

— Demandez à Marie Tudor, la sœur d'Henri VIII, roi d'Angleterre. Elle a dix-huit ans. Le bon âge pour enfanter, non ? Belle journée, Louise !

Je ne pus me priver d'une roulade qui m'écorcha la bosse sur les pavés de la grande allée du château, puis repartis en sifflotant. Je n'avais jamais su garder un secret.

Les noces furent les moins spectaculaires que le royaume avait connues. Au centre de l'attention, engoncée dans une cotte de tissu d'argent, sous une coiffe de satin blanc, Marie ne semblait pas à son aise. Ses traits fins et sa chevelure rousse semblaient perdus au milieu d'un décor qui m'apparut d'un seul coup bien pompeux. Cette jeune fille réduite à l'état de génitrice pour royaume orphelin m'attrista.

Lors du banquet qui suivit, je m'amusai tout de même à fureter du côté de Louise qui n'était que hargne et dépit.

— C'est ici qu'on peut se servir en soupe à la grimace ! m'exclamai-je.

— Va-t'en, cornichon ! grogna un valet.

— Si j'en ai l'apparence, tu en as l'aigreur !

Le roi vint me rejoindre.

— Allez, soyez heureux, c'est jour de fête ! les apostropha-t-il.

— Si je puis me permettre, pour eux, c'est jour de défaite !

Louise plongea le nez dans son bol. Le roi me sourit. Mais le temps avait passé. Les peines aussi. Autour de ses yeux pleins de bonté, son visage reflétait la désolation. J'avais envie de me précipiter dans ses bras.

Seul François semblait ne se soucier de rien, envoûté qu'il était par tous les jupons qu'il croisait, les faisant tourner au rythme des flûtiaux, jusqu'à ce que les demoiselles tombent d'étourdissement dans ses bras. Symphonie bien rodée pour mon ami dans l'éclat de sa jeunesse.

— Ma mère n'en peut plus, mon cousin ! Elle prie tous les soirs pour que la reine soit stérile ! Elle va s'en user les genoux et le cœur.

— En a-t-elle un ?

— Comme tu y vas ! Je ne sais… Mais ce qui est sûr, c'est que moi j'ai d'autres organes qui vont bien m'être utiles ce soir.

— Et Claude ?

— Qui ?

— Ta fiancée.

— Ah oui… Tu as vu la fille du comte de Rouen ? Elle a des fesses en peau de pêche. J'ai envie de mordre dedans ! Tu m'accompagnes ?

Sans même me laisser le temps de répondre, il enchaîna :

— T'as encore ta Lisette dans les tripes, toi ! Mais oublie tout ça ! La vie est un jeu ! L'amour est une fête ! Tu as vu la nouvelle reine ? Elle est belle, n'est-ce pas ? Dix-huit ans, l'âge des plaisirs ! Crois-moi que si l'occasion se présente, je ne vais point la laisser passer. Elle le mérite, non ? Le roi est si vieux !

Le roi n'était pas si vieux. Mais malade. Encore. Cette fois-ci, rien ne semblait vouloir s'arranger. Les jours s'écoulaient et les nouvelles allaient de mal en pis. Il disparut des fêtes et des banquets, et des rumeurs enflèrent. Des médecins allaient et venaient dans la chambre, et bientôt, je fus interdit de visite. Seule la nouvelle reine y était admise pour quelques heures dans le secret de leur intimité. Paraît-il qu'il préparait encore de nouvelles campagnes. Faire couler le sang à la guerre, transmettre le sien en guise d'héritage. Impérieuse fatalité des puissants.

*
* *

Midi sonne au clocher. Midi sonnait à ce même clocher quand je vis partir Louis pour Paris dans l'espoir d'un miracle. Lorsqu'il posa sur moi un dernier regard, je ne pus contenir un sanglot. Qu'il était pâle et maigre. Je le revois pourtant, chevauchant sur le champ de bataille, guidant ses troupes sous le déluge, noble et habile, l'œil clair et l'esprit vif. Ou simplement sur son trône, imposant son autorité naturelle, à l'écoute de son temps. Je restai seul dans cette cour immense et glaciale.

Une semaine plus tard, le glas retentit dans toutes les églises du royaume.

— J'ai parié deux cents ducats avec le baron de Calais que la reine finissait dans mon lit avant la fin de l'hiver !

François avait une manière très personnelle de gérer son deuil.

— Seul problème : ils l'ont cloîtrée à Paris, à l'hôtel de Cluny. Ils attendent quarante jours pour savoir si elle est grosse du futur héritier de la couronne.

— Mais si elle ne l'est point, tu seras roi de France ! lui répondis-je.

— Justement ! Si cela advient, tous les regards seront braqués sur moi. Il faut que j'en profite au plus vite !

— Non mais… Tu… Enfin…

Pas une plaisanterie ne me venait. La stupidité de François écrasait tout.

— Le risque est énorme ! Si tu l'engrosses, elle accouchera peut-être d'un garçon qui deviendra, de fait, le futur roi ! Qui du coup prendra ta place !

— Je ne vais quand même point perdre un pari contre ce gredin !

— En fait, tu es complètement fou.

— Il faut bien que je sois fou puisque tu es devenu sage !

— Mais ?

— Tiens, regarde qui arrive pour battre le linge ! Ne serait-ce point ta Lisette ?

Voilà des mois que je ne l'avais pas revue. Je l'avais imaginée en fuite, malade, morte ou même, pire, mariée. J'avais espéré qu'elle fût là, chaque soir, quand je poussais la porte de ma chambre. J'avais passé des nuits blanches dans ces draps remplis de souvenirs. Et voilà qu'elle revenait de nulle part. Toujours aussi belle dans sa robe de souillon. J'éprouvais un soulagement mêlé d'angoisse. Se souvenait-elle de nous ?

— Allez, je vous laisse tous les deux ! Vous avez des choses à vous dire. Et à vous faire !

François bondit et disparut en chantonnant. Lisette me contemplait, n'osant faire un geste, un pas vers moi. Son regard était triste et ses traits fatigués. La prendre par la main et fuir était la seule solution, l'unique chose à faire. Une ombre apparut derrière nous.

— Triboulet, viens ici.

Louise, toujours elle.

— Quand c'est demandé aussi gentiment, je m'exécute.

Je quittai Lisette des yeux et claudiquai jusqu'à cette femme dont la froideur ne cessait de me surprendre.

— Écoute-moi, créature. J'ai tout entendu de ta discussion avec mon César. Je te pensais planche pourrie, je te découvre solide allié. Mon fils a la maturité d'une tourte aux cailles.

Je pouffai.

— Qu'est-ce qui te fait rire ?

— Non, rien... Pardon...

Elle maîtrisait visiblement l'art du contrepet fortuit.

— Il ne faut surtout point que mon sot de fils commette l'irréparable.

Son ton était sec, implacable. Je sentais la force derrière ses lèvres minces et ses yeux noirs.

— Voici ce que je te propose. Tu ne le lâches point d'une semelle et tu l'empêches. Il t'aime, il t'appelle « mon cousin », à mon grand désarroi.

Je sais que tu as de l'influence sur lui. Si tu acceptes, tu seras le bouffon officiel du royaume sous notre règne.

— Et si je refuse ?

— Tu mourras.

Je ne négociai pas. Mais la tâche était ardue. Comment allais-je pouvoir m'interposer entre la fougue et la raison ?

Quelques heures plus tard, je croisai à nouveau François devant la porte du château.

— Nous partons à Paris demain, mon cousin ! Tu viens avec nous ?

— Évidemment, répondis-je avec une joie forcée.

Il s'éloigna au galop.

*

* *

Louis me manquait. Beaucoup. Je sentais qu'il manquerait aussi au royaume. Il n'avait pas usurpé son surnom de « père du peuple ». Il avait constamment veillé sur lui avec grâce et miséricorde. Allait-il en être de même pour le futur souverain ?

— Ce sera l'occasion de culbuter de la ribaude ! s'exclama François.

Cramponné à mon cheval, j'étouffai un soupir.

— Tu verras, mon cousin, c'est le lieu des plaisirs ! On va se régaler ! En plus je vais gagner mon pari ! Ahah ! Elle est pas mal celle-ci !

Autour de lui, les trois jeunes amis qui nous accompagnaient dans ce voyage s'esclaffèrent. Ils étaient tous gaillards et costauds. Je me sentais crapaud au milieu des fauves.

— As-tu seulement compris, mon cousin ? Paris-Pari. C'est une facétie ! Un jeu de vocable !

Je me forçai à sourire.

— Ma mère a tellement peur qu'il m'arrive malheur qu'elle a offert trois épées à mes amis. Tu as vu les lames ?

— Oui elles sont impressionnantes…, répondis-je, faisant mine de m'intéresser.

— Mais, aucune n'est aussi solide que celle qu'il y a sous ma braguette !

Le chemin fut entrecoupé de haltes dans des auberges animées qui nous accueillaient pour la nuit. François y était à son aise ainsi que son escorte.

— Allez, trinquons à la petite Marie Tudor ! Avant que ce ne soit elle qui trinque !

Tous les quatre riaient en buvant, piétinant des siècles d'amour courtois de leurs bottes épaisses. Autour de nous, tout le monde dévisageait ce noble équipage à la rustre conduite. J'allais me coucher avant la fin de la nuit, me réservant pour les temps à venir.

Au bout de quelques jours, les portes de Paris se dessinèrent au loin. Plus nous nous rapprochions, plus l'excitation était palpable.

— Nous voici à la source de nos sensualités ! s'écria François.

— *Dear* Marie, tu dors ? enchaîna un de ses amis.

Le roi n'en pouvait plus de rire.

— Note-la, celle-ci, mon cousin ! Marie, tu dors ? Fantastique !

Nous entrâmes dans la ville en plein après-midi. L'odeur me saisit à la gorge. Âcre, étouffante. Il semblait que l'air peinait à circuler à travers ce labyrinthe de ruelles encombrées de poules, de chiens, de rats. Des boutiquiers interpellaient les passants, leur proposant mille choses, d'une botte de poireaux à un bijou miracle. Les rémouleurs aiguisaient des couteaux dans des gerbes d'étincelles, les menuisiers ponçaient tables et chaises devant leur atelier. Il fallait garder les yeux levés de peur qu'un pot de chambre se vide sur nos têtes. Du haut de mon cheval, j'observais cet intimidant foutoir. Le roi et ses amis semblaient à leur aise.

— Gare à l'eau !

Un liquide infect jaillit d'une fenêtre et éclaboussa mes mollets.

— Posons-nous à l'auberge de La pie jacasse ! proposa François.

À peine nos chevaux attachés devant l'établissement, mon angoisse redoubla. Et si j'échouais ? Si je le perdais de vue ? À coup sûr, j'y perdrais ma tête.

Installés à une table, nous vidions des pots d'hypocras. La tête commençait à me peser, tandis que François débordait de ferveur.

— Le vin et les femmes ! Qu'y a-t-il de mieux ?

— La chasse ! répondit un de ses amis.

— Mais les femmes et la chasse… C'est la même chose !

Ils rirent à en renverser leur verre. J'avisai dans le fond de la salle une jeune fille bien en chair et légèrement vêtue. Je me levai pour m'approcher d'elle. À ma vue, elle recula subitement.

— Ah non ! Moi, je fais point dans le bizarre ! J'ai mes limites ! Ouste !

— Ferme-la, et écoute-moi !

— C'est qu'elle se laisse point faire, la créature ! Qu'est-ce qu'elle veut ?

Je m'approchai plus près encore, et lui fis signe de se baisser pour chuchoter à son oreille.

— Si je te donne de l'argent, tu t'occupes de mon cousin toute la nuit ?

— Ton cousin ?

— Le costaud avec le nez plongeant. Il s'appelle François. Fais comme il te plaît, mais fais en sorte qu'il ne te lâche point.

— Ça, je sais faire mon garçon. Envoie les deniers !

Je fouillai dans ma bourse.

— Voilà une nuit de gagnée, me dit-elle.

— Pour moi aussi.

À peine les pièces glissées dans son corsage, elle s'approcha de la table.

— Salut, mon beau fripon !

— Ah, on est bien reçu, ici, s'écria François.

Elle m'adressa un clin d'œil et s'assit sur ses genoux.

— Alors on est d'visite à Paris ? On a envie de s'faire plaisir ? Oh mais c'est de la belle étoffe que j'vois là. C'est qu'on est bien né, j'ai l'impression.

En un instant, elle avait conquis François. Ce qui n'était pas un exploit ; tout ce qui portait tétin étant pour lui source d'intérêt. En plus de cela, elle savait y faire. Œillades, embrassades, murmures à l'oreille, tout y passait. Je pensais à Lisette. Et finis par m'endormir sur la table.

Lorsque j'ouvris les yeux, il faisait jour. À mes côtés, les trois gaillards ronflaient. François, lui, n'était plus là. Mon cœur fit un bond. J'imaginai le pire : il avait attendu que nous dormions tous pour se faufiler hors de l'auberge et retrouver Marie Tudor. Dans le ventre de celle-ci, à coup sûr se dessinaient déjà les prémices de la vie du futur héritier, et les confins de ma mort certaine.

— J'ai hâte de rencontrer cette petite ! On dit qu'elle est douce comme les blés un soir d'été, et fraîche comme la rosée du matin !

François venait de descendre de l'étage par un vieil escalier en bois. Je respirai à nouveau.

— Prenons le temps de visiter la ville avant, non ? Nous finirons bien par la trouver, et nul doute qu'elle ne tardera point à succomber à tes charmes ! le tempérai-je.

— Ah, que j'aime quand tu parles comme ça, mon cousin ! Tu vois que tu es doué en flatterie.

— Je sais. Je fréquente trop Marot.

François rit, et notre équipage se mit en route à travers les rues. À chaque place, des cabestans, des poulies, des cages à écureuil faisaient pousser des remparts, des portes, des hôtels particuliers, des églises. Autour des lavoirs, les femmes bavardaient.

— Regarde-moi cette beauté ! s'extasia François.

— C'est Notre-Dame, répondis-je. Le Vernoy m'a expliqué la construction. Ils ont mis…

— Ne te tracasse point avec ça ! La nôtre de dame, ce n'est point celle-là qu'on cherche !

Les trois amis de François éclatèrent de rire. Pas moi.

— Allez, détends-toi, mon cousin. Je te sens crispé.

Je l'étais. Comment préserver François de sa propre bêtise ? Comment éviter que ce grand nigaud aux portes du pouvoir d'un des royaumes les plus puissants du monde ne se prenne les pieds dans sa fougue ? Qu'il prenne le risque de faire naître un héritier qui lui volerait la couronne me semblait insensé. L'idée de finir écartelé, pendu, brûlé, attaché à une roue ne me quittait pas.

— Cette balade m'a ouvert l'appétit ! Trouvons une auberge ! clama François.

Chaque instant de répit était une petite victoire.

— Et après, nous passerons aux choses sérieuses !

Chaque moment à venir, un nouveau péril.

Alors que je m'apprêtais à attacher les chevaux, une idée me traversa l'esprit. Je m'approchai de François, toujours en selle.

— Je vais t'aider à descendre. Appuie-toi sur ma bosse.

— Tu es bien brave, mon cousin.

Il lâcha les rênes, et posa son pied sur mon dos. Je me retirai d'un coup sec. Sans appui, François resta un moment suspendu en l'air puis tomba lourdement sur moi. Les trois amis hurlèrent de stupeur.

— Mon cousin ! Tu n'as rien ? Pardon, je n'aurais pas dû me servir de toi.

J'essayais de m'extirper de sa masse.

— Ça va, François. Et toi ?

— J'ai le genou en miettes !

Ses amis le relevèrent péniblement.

— Essaye de faire quelques pas…

— Je ne peux plus poser le pied à terre.

— Conduisons-le à l'Hôtel-Dieu, dit l'un d'eux.

Et surtout qu'ils le gardent le plus longtemps possible, me dis-je.

Soutenu par les épaules, François grimaçait à travers les rues. Sur notre passage, les badauds se retournaient, riaient, nous invectivaient.

— Elle est bien belle, la noblesse ! Fin saoule en plein après-midi !

Arrivés devant l'édifice, une foule de malades s'y pressait déjà. Autour de nous, des pauvres en guenilles, couverts de puces, se grattaient la tête et le reste. Un homme à demi nu se cognait la figure contre un mur. Un autre s'arrachait des croûtes purulentes. Une femme au teint jaune bavait en nous fixant du regard. Nous forçâmes le passage.

— Faites place. Il s'agit du futur roi de France ! hurla un des compagnons de François.

— J'espère, ne pus-je m'empêcher d'ajouter.

Un médecin barbu au crâne chauve et en tunique sombre se précipita sur nous.

— Suivez-moi, mes seigneurs !

Nous installâmes François sur un grand lit. Il poussait des râles de douleur.

— Laissez-moi l'examiner.

Les amis de François étaient blêmes. La panique me gagna. Et si ma fourberie conduisait à une pure et simple amputation ? Il serait la risée des cours d'Europe, on l'appellerait « le boiteux ». Tous les peintres du royaume rivaliseraient de farces sur le thème de « Ça nous fait un pied en moins à dessiner, il nous fait gagner du temps ». Il ne pourrait plus tenir correctement sur son cheval, n'irait plus à la chasse, resterait enfermé des heures à se lamenter. Moi-même, je n'arriverais plus à le divertir. Je lui ferais des poésies auxquelles il manquerait des pieds et il trouverait cela tellement déprimant qu'il me ferait exécuter.

— Rassurez-vous. Rien de grave, affirma le médecin.

— Ouf, répondit-on en chœur.

— Il faut simplement qu'il reste immobilisé quelques jours.

— Ouf, répondis-je seul.

Les amis de François me regardèrent de travers.

— Mon fidèle Triboulet, reste près de moi. Ne me laisse point seul. J'ai eu tellement peur de t'avoir brisé, dit François d'une voix douce.

— Ça n'aurait point été la première fois que tu brises un homme.

— Comment donc ?

— Veux-tu que je te rappelle le comte de Chartres, lorsqu'il sut pour toi et son épouse ?

— Ne me fais point rire, mon cousin. Ça me lance jusque dans le haut de la cuisse.

— Je vais rester auprès de lui. Profitez de la ville et de ses folies ! proposai-je aux trois amis qui acquiescèrent.

Je ne quittai pas François. Même la nuit. Surtout la nuit. Je m'installai sur un vieux matelas au pied de son lit ; l'obscurité se révéla propice aux confidences.

— Je vais être roi de France, chuchota-t-il. Tu te rends compte ?

— Ça te plaît ?

— J'espère être à la hauteur. Ne point la décevoir.

— La France t'aime déjà. Tu ne la décevras point.

— Je parlais de ma mère.

Je retrouvais le petit enfant que j'avais connu quelques années plus tôt. Celui qui s'entraînait au tir à l'arc pendant des heures, épuisait tous les valets du château par des jeux de courses ou de bagarres. Ce « gros garçon », couvé du regard par Louise.

— Si tu ne veux point décevoir ta mère, peut-être serait-il préférable que tu renonces à Marie, non ?

Il ne répondit pas. Quelques minutes plus tard, la pièce résonnait de ses ronflements.

Les jours passèrent. Longs. Ennuyeux. Je faisais mon possible pour divertir mon cousin. Je ne le quittais pas d'un pouce. Peu à peu son genou dégonflait. Bien vite, trop vite, François retrouva toute sa souplesse, et malheureusement toute sa fougue.

— À nous deux, Marie !

Il bondit de sa couche, s'habilla prestement et quitta la pièce.

— Attends, François ! Il ne faudrait point que tu te fasses mal à nouveau !

Il dévalait déjà quatre à quatre les grands escaliers de l'édifice.

— C'est pourquoi il me faut vite retrouver la compagnie des femmes. Elles seules savent prendre soin de moi !

Je tentai de lui emboîter le pas mais mes courtes jambes peinaient à suivre la cadence.

— Attends-moi !

— Dépêche-toi !

Lorsque j'arrivai au rez-de-chaussée, je l'avais perdu de vue. Devant moi, une foule de malades attendaient leur tour, certains toussant, d'autres urinant sur les dalles. J'essayais de me frayer un chemin parmi eux, d'apercevoir la longue silhouette de François. En vain. Il avait disparu.

Je m'élançai dans la rue jusqu'à perdre haleine, filai entre les jambes des passants, les faisant sursauter, crier.

— Excusez-moi. N'avez-vous point vu un grand gaillard vêtu de fourrure et de velours ?

— Va-t'en, vilain !

Ma réputation n'était pas arrivée jusqu'ici. Je repris ma course. Haletante, asphyxiante. Des images me venaient en tête. La reine enceinte, l'enfantement, le royaume qui communie à sa gloire, Louise me pointant du doigt, ma tête sur un billot, mon corps jeté aux chiens.

Mes poumons me brûlaient, ainsi que ma gorge. Mes jambes ne me portaient plus. Je m'affalai au pied d'un muret.

— Hé, toi ! Reste point là !

Je relevai la tête. Un jeune homme me faisait face, tenant dans sa main un fil à plomb.

— Dégage, l'affreux.

— Mais ?

— Tu as cru que je venais pour toi ! J'ai pas besoin d'outil pour savoir que t'es de travers.

— Qu'est-ce que vous faites ?

— On a un palais à construire. Alors si tu ne veux point être emmuré vivant, tu dégages !

Autour de moi, des artisans s'activaient, taillaient des planches, élevaient des murs, sculptaient des pierres. Pendant ces quelques instants, j'oubliai mon sort. Fasciné par une mécanique impeccable, la synchronisation des milliers de gestes, le bruit des poulies, le choc des outils. Je regardais ébahi, le visage du prestige en mouvement. Le Louvre. Le Vernoy m'en avait parlé.

François ne reculerait pas. Son entêtement n'avait d'égal que sa soif intarissable de jupons à soulever.

Je m'assis sur un bloc de granit. J'étais perdu. J'étais né raté. Je finirais raté. Le souvenir du rire de Lisette vint me chatouiller les oreilles. Je m'effondrai en sanglots.

— Ah, mon Triboulet ! Comme je te retrouve !

Je n'osai relever les yeux.

— Alors ? Tu tournes le dos au spectacle des siècles qui surgissent.

Je ne répondis pas, ni ne bougeai d'un soupçon.

— Il ne te plaît point, mon futur palais ?

J'entendais sans écouter.

— Mon cousin, il me semble que ce n'est point une manière que tu as de faire honneur à… ton roi !

J'en eus le souffle coupé.

— Eh oui, mon cousin ! Tu as devant toi, François Ier, roi de France.

Ses trois compagnons entamèrent une danse de la joie. Ils chantaient, riaient. Quelle farce étaient-ils en train de me jouer ?

— Je te dois quelques explications. Tu vas rire. J'ai passé des heures dans les rues, les tavernes, les échoppes à demander où trouver la belle Marie. Épuisé à force de palabres et de courses, je me suis arrêté à « La Belle Chope » pour en vider une. Autour de moi, trois médecins devisaient. Laissant traîner mon oreille, je compris qu'ils sortaient à peine de l'hôtel de Cluny où ils avaient opéré un examen des plus minutieux sur une jeune femme. « Son ventre n'a point gonflé », a dit l'un d'eux. « Nous avons un nouveau roi », lui répondit l'autre. Mon sang n'a fait qu'un tour. J'ai bondi hors de la taverne et couru jusqu'à l'hôtel. Par chance, la porte était entrouverte. J'ai gravi les escaliers quatre à quatre pour arriver dans une petite chambre où elle se tenait là, sage, seule, assise sur une chaise près d'une fenêtre, magnifique dans une tunique de soie émeraude. Sa peau était blanche comme la farine, émaillée de quelques taches de rousseur. Elle a souri en me voyant. J'avais chaud. Elle aussi. Et je dois te dire que pour la bagatelle, elle s'y prend... Comme une reine !

François explosa de rire. Il est de ces esprits audacieux à qui tout semble réussir. Ainsi donc, il devint roi. Et moi, j'allais vivre.

*

* *

Le couronnement fut à l'image du nouveau souverain. La ville de Reims, qui accueillait le sacre, s'était parée de ses plus beaux atours. Fleurs aux fenêtres, drapeaux à chaque coin de rue, musiciens sur les places. Dans cette farandole de réjouissances, j'étais cette fois-ci aux premières loges, vêtu d'un costume neuf jaune et rouge, serré aux cuisses et ample aux épaules, empestant un parfum de violette dont un courtisan avait cru bon m'asperger.

À l'intérieur de la cathédrale, personne devant moi pour me boucher la vue. Je savourai cette revanche, me retournant à loisir pour contempler tout ce que la cour comptait de nobles figures, de riches seigneurs, de prélats en velours.

François fit son entrée. Il marchait lentement, remontant vers le chœur suivi de six chanoines dont les psalmodies emplirent la nef. Vêtu d'une tunique de soie blanche et d'une robe de damas, il semblait habité d'une solennité que je lui découvrais. Jamais je n'avais vu ce regard droit, fier et tendu, si imprégné de son destin. J'aurais aimé le distraire d'une facétie, lui rappeler qu'il n'était qu'un homme parmi les autres. Le *Te deum* résonna.

Quatre heures plus tard, nous y étions encore. Affalé sur ma chaise, je luttais contre le sommeil. Je n'avais raté aucune étape : l'onction d'huile céleste, les serments, les courbettes, les chants, les baisers sur les Évangiles, les chants à nouveau, les chants encore, les bénédictions, les oraisons, les chants, la remise du sceptre, des bottines, de l'épée, de l'anneau, des chants. Quelle est donc cette force mystérieuse que l'on prête aux rituels ? Pourquoi ce besoin de théâtres poussifs, pour donner sens à la réalité ? Les tournois, les repas, les messes faisaient écho en moi comme autant de mises en scène laborieuses. Je m'endormis.

Lorsque j'ouvris les yeux, une couronne ornée d'émeraudes et de saphirs était posée sur la tête de François et brillait autant que le regard vengeur de sa mère.

À notre retour à Blois, la fête fut resplendissante. Louise triomphait. Je l'observais du coin de l'œil, jouir de sa nouvelle gloire, toiser les seigneurs, sonder du regard la cour qui batifolait dans une ambiance légère. À son côté, la jeune et nouvelle reine Claude, dans sa tunique brodée d'or, souriait légèrement, intimidée par le raffut. François paradait entre les musiciens, les jongleurs, les cracheurs de feu. Parfois, il semblait des leurs.

— Et maintenant… À mon tour ! hurla-t-il au bout de la nuit.

Les instruments se turent. Tout le monde s'arrêta net. François était monté sur un banc. Son imposante carrure vacillait sous l'effet de l'hypocras. Ses yeux brillaient de fièvre.

— Un sanglier ! Qu'on m'apporte… un sanglier !

Louise fronça les sourcils, la jeune reine eut un mouvement de recul.

— Sire, si vous cherchez quelqu'un qui a l'odeur de la boue et un groin long comme le bras, vous avez à votre côté le vicomte d'Auxerre, dis-je.

— Tais-toi, mon cousin ! Je veux… Un sanglier. J'exgige… J'ecssige…

La cour murmurait. Le temps semblait suspendu.

— J'exige un sanglier ! Je veux me battre ! Je suis le roi ! Quand je veux, je veux ! Quand je veux, j'ai ! Quand j'essgige… Je…

L'assemblée poussa un cri d'effroi. François venait de perdre l'équilibre. Rattrapé *in extremis* par un page.

— Allez… Sanglier !

Il désigna trois jeunes hommes qui partirent en courant. Louise ne savait que faire. Jamais je ne l'avais vue si inquiète. Celle qui avait toujours eu le pouvoir sur son César semblait l'avoir perdu sur le roi de France.

En quelques instants, un enclos en bottes de paille fut dressé dans la cour du château. On entendait des grognements se rapprocher. À la lueur des torches, on put voir y entrer une énorme laie tirée par de vigoureux valets.

— À nous deux ! beugla le roi en ôtant l'un après l'autre ses vêtements.

Je ne savais que faire. Personne ne savait que faire. La reine Claude s'approcha de François, désormais torse nu.

— Sire, il serait préférable que nous remettions ce jeu à demain. Il est si tard…

— Il n'en est point question ! Tu vas voir, ma belle ! Tu as épousé le plus vaillant des hommes… et le plus fort des rois !

Prise au piège, la bête affolée tournait en rond dans l'enclos, attaquait des bottes de paille, dérapait sur les pavés. Quelques dames de cour reculèrent. Les grognements devenaient de plus en plus menaçants. Malgré la pénombre, ses défenses brillaient.

— Je vais combattre ce sanglier... à mains nues ! Il va voir... Ce qu'il va voir !

François essaya d'escalader une botte de paille mais glissa et se rattrapa au dernier moment. Claude se cacha les yeux de ses mains. Personne n'osait intervenir. Moi seul pouvant le raisonner, je me précipitai vers lui. Son corps entier suintait le vin. On l'aurait dit tout juste repêché d'un tonneau.

— Ah, mon cousin, tu tombes bien.

— Vous, vous tombez tout court, sire.

— Ah, tu es toujours drôle ! Il est drôle, n'est-il point ? lança-t-il à la cantonade.

Personne ne répondit. François entreprit à nouveau d'escalader la botte de paille.

— Allez... Regardez-moi. L'homme contre... la sauvagerie... la nature...

— Il suffit ! asséna Louise.

François s'arrêta net. Tous les regards se tournèrent vers elle. Il me sembla même que la laie s'était figée.

— La fête est terminée. Rentrez dans vos appartements.

Dans le silence de la nuit, une chouette hulula. Le roi baissa la tête. Il vacillait. Un de ses valets s'approcha et le prit par la taille. Fébrilement, ils se retournèrent et partirent. Je me cachai derrière un pilier. Un à un, les membres de la cour se retirèrent. Bientôt, les torches disparurent dans les couloirs. Louise resta la dernière. En cet instant, elle venait de reprendre le pouvoir. La laie grogna.

Les jours suivants, François semblait résigné. Il laissait sa mère organiser la transition, jauger diplomates et conseillers. J'essayai de le distraire mais il paraissait ailleurs.

— Allez, viens, je t'emmène à la chasse ! m'annonça-t-il subitement.

Sous l'effet de la surprise, ma tête s'inclina et mes grelots tintèrent. Jamais Louis n'avait pris le soin de m'emmener avec lui, dans ce qui était pourtant un de ses passe-temps favoris. Sans doute ne mélangeait-il pas ses plaisirs.

— Ne reste point comme ça, tu vas faire peur au gibier ! Messieurs, sonnez trompettes et clairons !

Sitôt dit, un bataillon se mit en branle. On s'équipa de bottes, sortit les chevaux, sonna du cor pour appeler les chiens. Des dizaines d'hommes d'équipage furent bientôt en selle, en ordre de marche, prêts à partir. Le temps était au beau fixe. Tout comme le moral de la troupe. Nous nous mîmes en route. Mon cheval suivait docilement celui de François, impeccable dans sa robe de chasse en feutre vert.

— Mon cousin, t'ai-je présenté mon ami Charles, duc de Bourbon ?

— Je ne crois point, sire...

Au côté du roi, un jeune homme trapu au large cou se retourna pour me faire un signe de la tête.

— Charles est mon stratège pour la guerre.

— Pour l'instant, je l'imagine plus stratège pour la poularde farcie et les plats en sauce.

Le roi pouffa, tandis que le duc de Bourbon ravala l'humiliation sans pouvoir s'empêcher de me menacer d'un poing vengeur.

— Ne te formalise point ! C'est mon cousin ! Il a la repartie qui fuse comme un furet qui détale.

— S'il ne sait point tenir sa langue, je pourrai éventuellement l'assaisonner avec des herbes et de l'alcool de truffe pour mon prochain repas.

— Tu as le don pour te faire des ennemis prestement, mon cousin !

— À propos d'ennemi et de truffe, comment se porte Jean Marot ?

Tout le monde rit. Même Charles esquissa un sourire. La troupe allait le cœur léger à travers les sous-bois. Le soleil culminait dans un ciel d'azur. Les oiseaux gazouillaient. Les chiens, museau en alerte, flairaient avec entrain.

Soudain, l'un d'eux se mit à l'arrêt, immobilisant le cortège. Seul le souffle du vent dans les feuilles troublait le silence. Puis, le son d'un cor. Un chien partit en trombe, suivi par la meute. Mon cheval se mit au galop. Je serrai de toutes mes forces ses flancs. Les branches vinrent me fouetter le visage, tandis que nous enjambions ronces et souches mortes. Je sentais la force de cette masse de muscles sous moi. Mais je ne ressentais plus la peur. Désormais, j'avais une aveugle confiance en cette créature qui bientôt ralentit pour s'arrêter au beau milieu d'une clairière.

Je regardai autour de moi, la réalité m'explosa en pleine face. Tout n'était que vacarme et douleur. Les aboiements des chiens, ainsi que les exhortations de leurs maîtres, la sonnerie des cors, et les cris de détresse. Quand je baissai la tête, je croisai le regard d'une biche couchée sur le flanc, la gorge rouge, les yeux suppliants. Les chiens aboyaient de plus belle. Pendant ce temps, le roi riait.

« Rangeons parmi ces fous les chasseurs forcenés, dont l'âme n'est vraiment heureuse qu'aux sons affreux du cor et dans l'aboiement des chiens. Je gage que l'excrément des chiens pour eux sent la cannelle. À force de poursuivre les bêtes fauves et de s'en nourrir, les chasseurs finissent par leur ressembler. »

Visiblement, Érasme avait déjà vécu une expérience similaire. Moi aussi.

Car la bête traquée, je la reconnus. Ce regard, c'était le mien, enfant, sur la place de la ville. Coupable d'être différent. De servir d'exutoire à la bêtise, à la cruauté, à ce que l'ironie nomme « bestialité ». Aussi proche que je fusse de François, aussi longtemps qu'il me donnât du « mon cousin », je ne pus me résigner à être de sa famille, celle des puissants, des vainqueurs, des dominants, ceux qui écrasent, détruisent, souillent. La violence révèle toujours celui qui l'emploie. J'aurais dû refuse participer à ce jeu de massacre. Ma faiblesse était celle d'un homme qui ne trouve pas le courage d'être lâche.

— Mon cousin, viens près de moi. Tu es mon meilleur conseiller ! Toi seul me parles franc parmi cette bande de suce-asperge !

Plus le temps passait, plus François semblait compter sur moi. Alors je me prêtais au jeu.

— Nous sommes complémentaires. Mon corps est l'incarnation du royaume de France, autant que le tien, mon cousin, du royaume de la souffrance !

La façon qu'il avait parfois de rire à ses blagues m'agaçait. Plus il se forçait à être drôle, plus je me faisais grave.

— En ce cas, je vous conseille d'arrêter de perdre votre temps à la chasse, ou à courir les demoiselles, mais plutôt de vous occuper de votre peuple. Ce royaume est rempli de misère. Vous pourriez, comme notre bon Louis XII, baisser les taxes, alléger les souffrances et les sacrifices. Pour cela, vous soulageriez de quelques écus les fortunes de vos amis. Ils n'en verraient point la différence. Aujourd'hui, la naissance guide les richesses. N'est-ce point injuste ?

— Mais ? Et toi, mon cousin ? N'es-tu point passé du statut de gueux directement à la cour du roi ?

— Je suis la fameuse exception. Je l'ai toujours été. L'étrangeté, l'original, la bizarrerie. Aujourd'hui, je confirme la règle.

Le roi sourit. Je repris sans perdre mon enthousiasme :

— Allez, sire ! Marquez l'Histoire par votre magnanimité et votre sens de la justice ! Par votre courage à faire de chaque sujet un être libre. Il est temps de passer à l'action !

Le roi pouffa.

— Tu en racontes des sornettes, mon cousin ! Tu m'amuses toujours.

Je soupirai.

— Cela dit, tu as raison sur un point. Il est temps de passer à l'action.

— C'est-à-dire ?

— Préparons les prochaines campagnes ! Le Milanais nous appelle !

La guerre. La barbarie, encore et toujours présente dans les esprits. Chaque royaume s'y préparait, chaque province l'avait déjà subie, chaque ville se barricadait. Des sommes colossales étaient dépensées pour que des hommes attaquent ou se protègent d'autres hommes. Sans jamais que cette folie ne fût considérée comme telle.

En ce qui me concerne, je ne croyais pas à l'enfer avant d'y aller. Je ne croyais pas en revenir vivant quand j'y étais. À quoi bon y retourner ? J'étais résolu et déterminé à ne plus participer de près ou de loin à une nouvelle tuerie.

— Tu seras mes oreilles sur place, me dit Louise de Savoie, les yeux dans les yeux.

— Moi ? Mais ? Et votre Marot qui, depuis la mort de la reine Anne, vous est d'une fidélité sans faille ?

— Justement trop fidèle pour être honnête. Il me chérit comme Anaïs du Lac.

— Qui est cette Anaïs ?

— Ma chienne.

Le franc-parler de cette femme rigide comme l'acier finissait parfois par me séduire.

— Et si je refuse ?

— Tu mourras.

Comme d'habitude. Il n'y avait rien de rond, ni de doux, chez elle.

La bataille de Marignan fut une boucherie des plus épouvantables. Je ne m'habituais pas à l'anéantissement des corps orchestré, chorégraphié, à cette destruction des chairs planifiée par des gens soi-disant de raison.

« Qu'est-il de plus fou que d'entamer ce genre de lutte pour on ne sait quel motif, alors que chaque partie en retire toujours moins de bien que de mal ?

Il y a des hommes qui tombent. Ils ne comptent pas. La noble guerre est faite par des parasites, des entremetteurs, des larrons, des brigands, des rustres, des imbéciles, des débiteurs insolvables, en somme par le rebut de la société et nullement par des philosophes veillant sous la lampe. »

Érasme, encore et toujours lui, visait juste.

Au retour de Marignan, dans le cabinet froid de Louise, je lui livrai mon compte rendu.

— La traversée des Alpes fut une hécatombe. Les sentiers étaient escarpés. Des centaines de chevaux mouraient et…

— Je n'ai cure du récit du voyage. Parle-moi de la bataille. De cette victoire.

Je transpirais.

— Cette victoire n'en est point une. Ce fut une sauvagerie sans nom. Le sang coulait, coulait... Des milliers de cadavres jonchaient le sol. En seulement deux jours… La catastrophe. Les Suisses nous ont attaqués. Décimés. La cavalerie, dépassée. Bourbon était incapable de prendre une décision. La plaine était remplie de corps mutilés. La mort se régalait dans un festin sans fin ! Des morts, des corps, des morts… Nus... Même la nuit… À la lueur des torches le sang giclait, les têtes tombaient.

— Abrège.

— Seule la nuit nous a sauvés de la déroute et de la honte qui va avec. Le lendemain matin, alors que tout semblait perdu, j'ai reconnu de loin l'étendard des Vénitiens. Ils arrivaient en renfort. Saviez-vous que les Vénitiens portent, attachées à la selle de leur cheval, les têtes coupées des ennemis qu'ils ont décapités ? C'est qu'ils sont payés à la pièce… N'est-ce point effroyable ?

Elle ne répondit pas. Auprès d'elle, ses deux servantes blêmirent.

— J'ai vu les Suisses détaler. Jamais je n'avais ressenti ça de ma vie. L'impression de renaître et de…

— Je me passe de tes états d'âme.

— C'est un miracle que le roi n'ait point été capturé, et ne s'en sorte qu'avec des égratignures et une armure défoncée. Il a été assez fou pour se jeter dans la bataille… Complètement fou. Si vous saviez…

Louise se leva brusquement et sortit. Ses servantes suivirent sans même oser me regarder.

— Il a été assez fou pour se jeter dans la bataille. Complètement fou…, répétai-je.

Je restai là, un moment. À ressasser. À tenter de trouver une logique à l'absurdité.

— Dire qu'on m'a pris pour un fou durant tant d'années. Que je suis payé pour ça…

— Tu parles tout seul ?

Cette voix qui m'interrompit était douce comme le miel, fragile comme une feuille dans le vent. Dans l'embrasure de la porte, elle se tenait là, debout, un chiffon à la main et un seau dans l'autre. Ses cheveux blonds et sales descendaient en cascade sur ses épaules maigres. Son regard délavé me fixait.

— Lisette…

Elle s'approcha.

— Je n'voulais point t'déranger.

— Je le suis assez, dérangé.

Son rire léger fit s'envoler mes angoisses.

— Tu joues au bouffon triste ? Celui qu'amuse la galerie mais qui laisse personne accéder aux vérités d'son cœur ?

— Tu te moques ?

Lisette rit de plus belle. Puis sa mine se fit plus grave.

— Je suis désolée… T'es point le même désormais. T'es un autre. T'as l'oreille du roi. J'suis qu'une souillon.

Une boucle de cheveux lui caressait le cou. Jamais je ne l'avais vue aussi belle. Je ne savais quoi lui répondre.

— J'ai honte, ajouta-t-elle.

Je déposai un baiser sur sa joue. Elle rougit, puis se leva subitement. Une larme roula sur son visage. Elle quitta la pièce.

— Complètement fou…

*
* *

Le soleil jette ses rayons ardents sur la cité en contrebas. C'est une belle journée de printemps. D'où je suis, je vois la place de la cathédrale qui grouille d'hommes et de femmes qui se croisent, discutent, échangent, vendent, vivent. Je peux presque sentir, sur les étals des marchands, le poisson fraîchement pêché dans la Loire, les fruits et les légumes sortis des terres environnantes, la viande fumée. Je laisse mon esprit vagabonder, mon regard se poser où bon lui semble. La façade mansardée d'une vieille auberge me rappelle mon frère.

— Nicolas ?

Il ne répondit pas, tenta de lever la tête mais n'y parvint pas.

— Nicolas ! C'est moi…

J'hésitai. Il était là, seul, accoudé à une table. Devant lui, quelques brocs vides et un gobelet en bois qu'il tentait de saisir de sa main tremblante. Pourtant c'était lui. Je n'avais aucun doute. Derrière une barbe hirsute, sous une tignasse crasseuse, son regard plein de détresse et d'impuissance n'avait pas changé.

— Nicolas ? Je suis… Ton frère…

Dans un effort surhumain, il essaya de fixer mon visage de ses yeux mi-clos.

— Viens plutôt l'matin ! me lança un homme derrière son comptoir. Il est là toute la journée mais, à cette heure-ci, il est cuit comme une châtaigne rôtie.

J'acquiesçai.

— Et comme t'es son frère, règle sa note par la même occasion !

Je ne dormis pas de la nuit, ressassant les souvenirs de l'étable, des brimades, des coups, des humiliations. Tout se mélangeait. La haine, la tristesse, la peur, la pitié. S'ouvraient en moi des blessures que je pensais guéries.

Le lendemain matin, à la première heure, je me rendis à la taverne. La ville était encore calme, tout juste vêtue d'une légère brume. Au bout de la rue, je vis mon frère apparaître, marchant d'un pas lourd, vêtu de haillons. Lorsqu'il croisa mon regard, il esquissa d'abord un mouvement de recul.

— Oh ? Laid'ron ?

— Salut, mon frère.

— Euh… Triboulet, c'est comme ça qu'on t'appelle désormais ?

Je ne répondis pas. Mon ventre se nouait. Que faire ? Lui tendre la main ? Le serrer contre moi ? Je m'avançai vers lui les bras ouverts.

— Dégage ! me repoussa-t-il. J'suis connu ici. J'veux point qu'on sache… Qu'on m'voie avec un…

Il me détaillait de bas en haut en titubant. Pour mon frère, je n'avais pas changé. Sauf sur un point.

— T'es un riche, maint'nant. Qu'est-ce tu fiches là ?

Je le regardai, surpris.

— Et toi ? lui répondis-je.

— Tu vois, j'fais comme toi tu f'sais...

— Tu mendies ?

— T'as point une pièce ?

Je fouillai dans ma bourse. Elle était vide.

— T'as point changé. Tu sers toujours à rien.

J'encaissai.

— Je voulais te remercier parce que je n'ai point oublié ton geste.

— Mon geste ?

— Tu m'as donné des béquilles. Tu sais ? Les bouts de bois ? Quand j'étais... Enfin, quand nous étions...

Mon esprit s'embrouillait. J'avais devant moi, tenant à peine debout, ce que j'aurais dû devenir.

— Je ne sais même point pourquoi je suis venu te voir...

— Tu veux des nouvelles d'la famille ? La sœur est morte écrasée par un chariot et la mère a été retrouvée dépecée à cause de...

— Non ! Je ne veux rien savoir... Dis-moi juste comment je peux t'aider.

— Si tu veux m'aider, fiche le camp. Laisse-moi tranquille. C'te famille est maudite.

Laquelle ne l'est pas ? La famille royale ? Celle des mariages imposés au gré des alliances, des arrangements et des conjurations ? Celle des nobles qui marchandent leur descendance en échange de bouts de terres ? La nôtre subissait la misère, l'oubli. Les destins ne se valaient pas. Peut-être fallait-il parfois les forcer.

— Évidemment, mon cousin, nous allons embaucher ton frère aux cuisines ! Est-ce que je suis vraiment en mesure de te refuser quelque chose ?

— Merci, sire, vous êtes bon et grand !

— C'est ça que je devrais inscrire au fronton du château ! « Gloire à François, le bon et le grand. » Tu sais que je vais tout faire refaire ?

— Ça ne m'étonne guère. Chaque souverain veut marquer l'histoire de son empreinte. Pareil au chien qui marque son territoire en levant la patte.

Il rit encore. Tout comme un homme d'âge moyen assis près de lui, devant un immense plan du royaume et de ceux alentour.

— Mon cousin, approche-toi de plus près. N'ayez point peur, vous autres. Ce bougre est un esprit vif dans un corps tordu.

— L'inverse de notre bon roi ! répondis-je.

Tout le monde ricana.

— Je te présente le duc de Bourgogne.

— Enchanté, Triboulet. Ta réputation t'a précédé. Je me méfie de toi. Aucune armée ne peut résister aux assauts de tes mystifications, paraît-il.

— Rassurez-vous, elles ne tuent que l'amour-propre. Et il me semble que vous en possédez une réserve inépuisable.

Le duc fit mine de ne pas saisir. Le roi, toujours de bonne composition, enchaîna :

— Tiens, puisque tu fais le malin, lis donc ça. Ça te fera un souvenir.

Il me tendit un livre. Sur la couverture, une gravure le représentait sur son cheval, fier et droit, le regard haut. En titre « Le héros de Marignan ».

Je le portai immédiatement à mon nez. J'ai toujours aimé l'odeur des livres. Ces effluves de fibres et d'encre me remplissaient chaque fois d'une joie profonde. Le savoir est physique. L'intellect, intuitif. Je me plongeai dans la lecture.

Quand notre bienaimé roi, seigneur de nos armées, vaillant guerrier, noble stratège, génie divin qui règne sur nos cœurs, leva haut l'étendard du royaume et fondit sur l'ennemi comme un aigle sur sa proie, les troupes barbares et hostiles tournèrent le dos pour fuir leurs destinées.

Les dizaines de pages de récit étaient de la même veine : un manifeste à la gloire des armées royales, un tissu de mensonges épiques présentant la bataille comme une victoire éclatante. François était peint en héros aux gestes glorieux. Le texte n'était pas signé. Mais je n'avais aucun doute.

— Si la vérité était une maladie mortelle, votre mère ne risquerait rien, lançai-je à François, quelques jours plus tard.

Le roi rit fort.

— J'avoue qu'elle n'y est point allée de main morte. De plus, elle l'a distribué aux quatre coins du royaume.

Désormais, les balivernes parcouraient l'Europe, couchées sur du papier. Comment cet outil merveilleux, source de savoir, pouvait être dans le même temps véhicule de tromperies ? Était-ce un poison qui soigne et tue à la fois ?

*

* *

Aujourd'hui, la nature s'écrit devant moi, les chapitres du jour se succèdent, changeant de lumière, de couleur, de rythme. De la ville partent des chemins qui se faufilent à travers les collines et vont se perdre dans des forêts profondes, comme autant de phrases obscures. J'aime à parcourir les récits comme mon cousin aimait à parcourir les routes. Car, avec lui, la cour circulait beaucoup. Trop, à mon goût.

— Allez, prépare tes bagages, nous repartons dans trois jours !

— À la guerre ?

— Non ! Fontainebleau ! Mon fils a besoin de voir du pays.

C'était la première fois que je l'entendais parler d'un de ses enfants. Il lui avait donné le même prénom que lui. François était le troisième, après Louise et Charlotte.

— Vous vous sentez l'âme d'un père, sire ?

— Je me sens l'âme d'un chef de meute ! Et il n'est jamais trop tôt pour initier aux joies de la chasse. Fontainebleau est connu pour sa forêt giboyeuse. Ça nous changera de ce trou à rat !

Je ne suis pas fait pour les voyages. Ils me donnent mal au cœur. Être loin de mon pays me pèse, tout comme le roulis des carrioles et les blagues de cocher.

— Alors c'est toi l'fameux Triboulet ? Il paraît que t'as plus d'un tour dans ta bosse !

Assis auprès d'un homme aux traits rustres et à la grossière allure, je forçai un demi-sourire.

— Allez fais-nous donc marrer un peu !

— Je vais rendre…

— Tu trouves que j'vais trop vite ? C'est qu'le roi est pressé !

— Non, c'est que je sens ton haleine. J'ai l'impression que t'as un charnier sous chaque chicot !

Le cocher ne broncha plus. Je fus tranquille pour les heures qui suivirent.

— Halte ! hurla une voix en tête de cortège.

— Tiens, puisque tu parlais d'charnier, tu vas point être déçu, me glissa le cocher sur un ton de revanche.

Devant nous, des dizaines de corps pendus, décharnés, dansaient au gré des courants d'air, sous de grandes arches, sur trois étages. Certains sans bras, d'autres sans jambes. Souvent nus. Quelques-uns ne tenant plus que par un tendon. Juchés sur le sommet de leur crâne, quelques oiseaux becquetaient des yeux, des joues, dans une bombance de chair et de cartilages. Je réprimai un haut-le-cœur puis descendis de l'attelage pour me rapprocher du souverain.

— Ça te plaît, mon cousin ? Bienvenue au gibet de Montfaucon. C'est ici que tu finiras si tu trahis ton bon roi !

— Qu'est-ce que… ?

— Regarde tous ces assassins et ces voleurs qui payent leur dette.

— Vous y avez votre place, majesté.

— Comment donc ?

— Diriger une armée pour massacrer et s'emparer de richesses, qu'est-ce donc ?

Le roi sourit.

— C'est la vie, mon cousin. Pour voler, tuer et piller en toute impunité, il faut une couronne sur la tête.

Quelques pas plus loin, Jean Marot, juché sur un rocher déclama :

Après la Mort n'est sûrté de quérir
Remède aucun pour l'âme secourir :
Dont faire faut telles œuvres toujours
Que l'on voudrait faire les propres jours
Que dure Mort nous vient prendre et saisir.

Je vomis.

L'ambiance au château de Fontainebleau était en tous points similaire à celle de Blois. Le roi y trouvait vite ses habitudes, passait des journées entières à chasser tandis que sa mère, enfermée dans une pièce avec ses plus proches conseillers, étudiait des recueils de lois, en élaborait d'autres.

Moi, j'arpentais seul les couloirs du château. Alentour, la forêt était comme un étang. Même les draps des chambres étaient humides. Je m'ennuyais. Le roi était-il assez roi pour que je sois son bouffon ? Il existait des fous du roi, mais pas de fou de mère de roi.

— Viens là, toi. J'ai à te parler, m'ordonna-t-elle un matin.

Je la suivis alors qu'elle traversait la grande cour ovale. Derrière elle, je pouvais détailler sa façon de marcher, les bras le long du corps, la tête haute. Elle me fit pénétrer dans une petite pièce voûtée uniquement parée d'une cheminée, d'une vieille table et d'une chaise.

— Assieds-toi.

Tandis que je m'exécutai, elle resta debout, devant moi, aussi souriante qu'une porte de cachot.

— Apprends-moi à être drôle.

À ces mots, je manquai de m'étouffer.

— Pardon ?

— Tu m'as parfaitement entendue.

— Mais ?

— Si un lourdaud comme toi y arrive, j'y arriverai. Apprends-moi. Je veux tout savoir.

Que dire ?

— Madame, vous apprendre la facétie sera moins facile pour moi que d'apprendre les déclinaisons latines à un faisan mort.

— Ne fais point le malin. Tu n'as personne pour se réjouir de tes sottises ici.

Elle me fixait d'un regard d'airain. J'avalai ma salive.

— Je t'écoute.

— Puis-je vous demander pourquoi ?

— J'ai tout. La gloire, la puissance et l'argent. Désormais, je veux qu'on m'aime.

Je manquai de m'étouffer.

— Qu'on vous aime ?

— Oui.

— Qui est ce « on » ? Votre fils ?

— Oui.

— Mais il vous aime déjà, non ?

— Par obligation. Je veux qu'il m'adore comme toi.

— Bon… Avez-vous déjà essayé d'être drôle ?

Elle réfléchit.

— Je n'en ai point souvenir.

— Vous connaissez des farces, des histoires amusantes, des anecdotes ?

Elle réfléchit davantage.

— Oui.

— Bon… Commençons par là. Je vous écoute.

Elle fit quelques pas. Se racla la gorge.

— C'est l'histoire d'un homme qui voulait traverser le désert et qui a marché sur une tarte aux raisins.

Elle me regardait, attendant une réaction de ma part.

— Et ?

— C'est tout.

Je fronçai les sourcils.

— Eh bien…

— Ça ne te fait point rire ?

— Euh… Pas vraiment…

— C'est drôle, car il a confondu un dessert avec un désert.

Je compris d'un coup.

— Ah, d'accord ! Ah oui ! D'accord…

— Ce n'est point drôle, c'est cela ?

— Euh… Si, ça peut l'être. Mais là, votre manière de raconter… C'était froid et sec. Ça ne donne point envie…

— C'est justement ça que je veux savoir. Comment donner envie de rire ?

— Eh bien, en premier lieu, il faut soi-même avoir envie de faire rire.

Elle me fixait avec un regard de plus en plus contrarié.

— Avoir envie ?

— Oui, il faut ressentir ça. Une envie profonde.

— Je ne comprends point.

— C'est quelque chose qui s'invente. C'est instinctif. C'est une manière d'être.

— Arrête tes théories. Apprends-moi.

— Sinon quoi ?

— Tu mourras.

Elle n'avait rien changé à sa méthode de négociation.

— Bien. Il sera peut-être plus facile de miser sur des plaisanteries visuelles. Depuis que je pratique, j'ai constaté que les farces peuvent être à la fois très culturelles ou très universelles.

Elle ne me lâchait pas des yeux.

— Explique.

— Par exemple, si je fais une blague sur le duc de Sedan à quelqu'un qui ne le connaît point, il ne rira point. Comme s'il lui manquait le code pour comprendre.

— Abrège.

— En revanche, si je me lève d'un coup et que…

Je me levai d'un coup, fis semblant de me prendre les pieds dans ma chaise et me cognai la tête sur la table. Le bruit fut sec, la douleur vive. Je levai les yeux. Elle ne riait pas.

— Bon… Là, normalement, c'est drôle.

— Je comprends, déclara-t-elle d'un ton glacial. L'irruption de la surprise dans le réel.

— C'est ça, dis-je en me frottant la tête.

— Merci.

Son « merci » résonna tel un sursis. À peine voulus-je lui répondre qu'elle sortit et disparut aussitôt dans le couloir. Je restai là un moment en me frottant la tête.

Quelques étages plus haut, les préparatifs allaient bon train. Grande réception était donnée pour je ne sais quelle occasion. Elle ne manquait jamais lorsqu'il s'agissait de se remplir la panse de gras de paon en sauce et de vin d'Aquitaine. L'opportunité pour moi d'endosser à nouveau mon costume et de parcourir l'assemblée avec marotte et sarcasmes. Mettre en pratique la théorie. Une énième fois. Jouer ma partition.

— Très joli votre pourpoint, monseigneur. Vous n'avez pas trouvé le même à votre taille ? demandai-je à un noble un peu raide.

Les bouches se tordaient. Les coups de pied n'étaient jamais loin mais le roi venait appuyer mes saillies de son rire franc. Validé par le pouvoir divin, j'appuyais là où ça faisait mal. Rares étaient ceux qui osaient me répondre car la seconde lame n'était jamais loin. La raillerie était un jeu dans lequel j'excellais. Je ne comptais plus mes ennemis.

Le seigneur d'Étigny, un rustre personnage à peine plus grand que moi, mais aux allures de grand prince, avait le goût de s'offusquer à chacune de mes saillies.

— Comment vas-tu, Triboulet ? lui lançai-je un jour.

Il me dévisagea avec la haine dans les yeux.

— Oh, pardon ! enchaînai-je. Tu es tellement vilain que je t'ai confondu avec moi.

Je crus voir de la fumée sortir de ses narines.

— Toi, un jour, ton cadavre… Toi… Moi… Te tuer… Ton cadavre…

Sa mâchoire serrée entravait sa rage.

— Toi… Tu…

— Si je dois attendre la fin de ta phrase pour que tu mettes ta parole à exécution, j'ai encore de beaux jours devant moi.

Tout le monde s'esclaffa. Je n'eus guère le temps de profiter de mon succès. Il fondit sur moi, m'attrapa la gorge de ses deux petites mains vengeresses.

— Je vais te tuer, tu m'entends ? Te tuer !

Je tentai de me débattre mais plus j'agitais mes bras, plus il serrait. Autour de nous, personne ne semblait s'inquiéter de mon sort. Je croisai même du regard des sourires satisfaits. À peine eus-je le temps de sentir l'air me manquer que le seigneur me relâcha, puis partit en vociférant.

— La prochaine fois, je te tue ! JE TE TUE !

Alors que je narrai l'anecdote à mon cousin, celui-ci me rassura.

— Ne t'en fais point ! Si quelqu'un te tuait, je le ferais pendre un quart d'heure après.

— Grand merci, mon roi. Mais je préférerais un quart d'heure avant.

*

* *

Un vent venu du Nord vient rafraîchir ce doux après-midi. Sous mon châtaignier, je me sens bien, comme à l'époque où je vivais dans l'ombre du pouvoir qui frappe. Je ne me suis jamais formalisé des menaces tant elles faisaient partie du risque. J'aimais jongler entre légèreté et profondeur. Seule la finalité m'échappait. Certes, j'aimais fermer les bouches vaniteuses et fracasser d'un trait les élans sournois. Mais lorsqu'elle est tolérée, l'irrévérence fait-elle révérence ? Le rire est puissant et explose toutes les barrières mais il n'est que le rire. Une soupape. Puis la réalité reprend. Absurde. Plus absurde que les blagues elles-mêmes.

L'amour semblait être du même bois. Absurde et cruel. Lisette me manquait. Alors que je la connaissais si peu, j'avais l'impression de ne rien ignorer d'elle. Mais ma simple vue la faisait fondre en larmes et déguerpir sur-le-champ.

— Je te vois mon cousin ! Arrête de penser à cette servante. Lâche cette souillon des yeux. Elle te tient par l'envie !

— Comme les femmes vous tiennent par le vit !

Il rit tellement fort qu'il bascula en arrière et, se rattrapant à la table, fit tomber une carafe d'hypocras remplie à ras bord.

— Oh là ! Regarde ce que tu me fais faire !

La trentaine de personnes réunie pour ce banquet regardait cette farce comme un spectacle habituel, plaisant. Du vin se répandait sur les bottes du roi. Je m'accroupis et commençai à les essuyer avec ma manche, m'attardant, les astiquant de plus en plus méticuleusement.

— Mais que fais-tu donc, mon cousin ?

— J'imite Montmorency !

Toute la tablée s'esclaffa. Je crus même voir sourire Louise de Savoie. Cette fois, c'est Montmorency qui m'aurait volontiers fait la peau.

— Allez, viens plutôt t'asseoir à côté de moi, mon Triboulet. C'est l'heure de te régaler, comme tu nous régales de tes bêtises !

Moi, le gamin des rues, l'estropié, le banni. Le bon à rien, le mauvais en tout. Moi, l'incomplet. En dégustant les mets les plus succulents du royaume, les meilleures liqueurs, j'oubliais un peu Lisette.

— C'est ton frère qui l'a préparé ! Il paraît qu'il est le meilleur en cuisine. Comme quoi, il n'y a point que des ratés dans la famille !

Tout le monde rit de bon cœur. Pour donner le change, je fis tinter mes grelots. Puis le roi se leva d'un coup et brandit son verre.

— Profitons de la soirée ! Bientôt, nous retournerons en Italie. À Pavie, nous botterons le cul à cette vermine de Charles Quint ! À la guerre comme à la guerre !

Toujours elle. Toujours là. Entité sans visage. J'avais beau tenter de lui échapper, elle revenait sans cesse sur mon chemin. Dans l'esprit de ces gens d'armes du monde, il y a toujours un territoire à conquérir. Un ennemi à terrasser. Toutefois, elle nécessite des partenaires solides.

Ainsi, c'est à un tout autre spectacle que François me convia dans la douceur de ce mois de juin. Après huit jours de voyage à cheval depuis Fontainebleau, nous nous trouvions à présent dans le nord du royaume, en une contrée peuplée de marécages.

— Je suis heureux de t'avoir près de moi, mon cousin.

— Moi aussi, mais pouvez-vous me dire ce qu'on fait là ?

La nuit tombait et je n'étais pas rassuré. François était sur le point de me répondre lorsqu'un hurlement se fit entendre.

— Regarde, mon cousin ! Ce sont des loups. On peut les voir sur la colline en face.

Le roi arrêta son cheval. Le convoi l'imita. Les essieux qui craquent, les courroies que l'on tire, laissèrent place peu à peu à des cris lointains. De l'autre côté d'une rivière, sur un versant baigné par le soleil couchant, une meute s'agitait.

— Ils chassent. Vois-tu, grâce à leur technique, ce jeune cerf n'a aucune chance.

La scène semblait le fasciner. J'étais terrifié.

— Ne crains rien, mon cousin. Ils sont bien trop occupés. Nous aussi d'ailleurs…

— Sire, où va-t-on exactement ? Je n'ai point compris cette histoire de…

— Regarde ! Le cerf a trébuché. Sa fin est proche. Ils l'attaquent à la gorge. C'est magnifique !

Le cerf vacilla, fléchit, un collier de poils gris frémissant pendu à son cou. À bout de forces, l'animal se coucha sur le flanc. Il tentait de se débattre sous les assauts féroces. Mes mains se crispèrent sur l'encolure de mon cheval.

— Et voilà le travail ! Vois comme c'est sublime.

Quelques loups s'écartèrent et laissèrent place à une bête plus large encore, babines retroussées et queue basse.

— C'est le mâle dominant qui va se servir le premier.

Il planta ses crocs dans les flancs du cerf, encore haletant. François observait cette scène comme s'il eût voulu la peindre.

— Tout de même… C'est triste de voir ce noble animal majestueux ainsi livré à cette férocité, ajouta-t-il.

De la compassion ? Avait-on remplacé mon François par un être de pitié ? Il se ressaisit dans l'instant.

— Tout cela me donne faim. Allez, en route ! Essayons d'arriver avant la nuit.

Il donna un coup de talon à son cheval qui se remit au pas. Je l'imitai.

— Tu vois, mon cousin, ces loups sont comme nous. Ils ont un chef que chacun respecte.

— Également choisi par Dieu ?

François sourit.

— Non. Lorsqu'un mâle veut prendre la place de l'autre, il doit le défier. S'ensuit une lutte sans merci.

— Ces combats m'en rappellent d'autres…

— Lorsque l'un des deux prend l'ascendant, celui qui a perdu se couche sur le côté et présente sa gorge à son adversaire. Ce dernier s'approche alors avec la gueule grande ouverte, et…

Il mettait du cœur et de l'entrain à raconter mais savait également placer de petits effets malicieux. Ses yeux pétillaient.

— Et ?

— Et ça s'arrête là. Aucune effusion de sang. Chacun a dès lors compris sa place. Les loups ne se tuent point entre eux.

Au lointain, on entendait des hurlements. Le soleil était sur le point de disparaître derrière l'horizon.

— Nous y voilà.

Devant nous, sur une vaste plaine en contrebas, des tentes s'étalaient à perte de vue. Une ville qu'on eût cru entièrement bâtie en toile ondulait au gré d'un vent léger. On pouvait voir des feux allumés, ainsi qu'une foule minuscule qui s'activait. Au centre, deux tentes plus imposantes que les autres se faisaient face.

— Regarde, mon cousin ! Vois-tu ces étoffes d'or qui brillent de mille éclats. N'est-ce point un éblouissant spectacle ? À l'ouest, c'est la nôtre. Brodée de fils d'or, doublée de velours bleu, meublée par les meilleurs artisans du royaume. Il me tarde de pouvoir m'y abriter et y recevoir notre voisin… Et peut-être futur ami.

— Qui est-ce ?

— Henri. Le huitième du nom. Roi d'Angleterre de son état. Un garçon sympathique, paraît-il. J'ai besoin de lui pour mener mes futures campagnes contre ce scélérat de Charles Quint.

— Tout cela pour ça ?

— C'est cela même, mon cousin. Un pari sur l'avenir. Allons découvrir ce qu'il nous réserve.

Le cortège descendit lentement vers la plaine. Plus on s'approchait, plus on pouvait sentir le fumet des gibiers qui tournaient sur les broches. Juché sur un grand étalon noir, Montmorency s'approcha de François. Je ne perdis pas une miette de leur conversation.

— Tout est en place.

— Si, avec tout cela, nous n'obtenons point une alliance solide avec Henri, c'est à désespérer.

— Tout est prévu pour cela, sire. Au-delà des rencontres diplomatiques, nous avons élaboré un camp qui soit un régal pour les yeux, les oreilles, et le ventre.

— Et le bas-ventre, reprit François.

Ils rirent fort.

— Votre Majesté doit impressionner ces brutes d'Anglais. Leur montrer ce qu'est le royaume de France. Tout cela nous a coûté une fortune. Les tentes, les meubles, le déplacement. Presque toute la cour est ici. On compte en centaines de milliers d'écus.

— Heureusement que personne ne meurt de faim dans notre royaume, fis-je remarquer. Sinon dépenser une telle somme aurait été indécent.

Montmorency et François se tournèrent vers moi, sourirent, puis reprirent leur discussion.

En arrivant dans le camp, un page m'indiqua ma tente. Elle était petite mais douillette, composée d'une petite table et d'un lit en toile. Je m'y jetai, fourbu.

C'est encore un bruit d'explosion qui me tira du sommeil. Puis un autre. Puis encore un. Mes oreilles bourdonnaient. Ça n'en finirait donc jamais ? L'horreur était de retour, avec son odeur de poudre et son cortège d'angoisses. Pourquoi rien ne pouvait jamais demeurer calme et tranquille ? Pourquoi toujours ce besoin d'assourdir le monde ? Un sifflement transperça mes tympans, suivi d'une autre explosion. Je me réfugiai sous mon lit et pris ma tête dans mes mains.

Des applaudissements. Au bout de quelques minutes, je les entendis distinctement, suivis de cris de joie. Étais-je mort ? Évanoui ? Je me pinçai fort. Les applaudissements continuaient. Je sortis en catastrophe. Pas un seul corps à terre, aucun cheval éventré. Une explosion retentit à nouveau. Tout le camp était dehors, sourire jusqu'aux oreilles, nez pointé vers le ciel. L'obscurité se fendit d'une traînée jaune qui disparut quelques instants plus tard, la foule s'exclama, et les applaudissements redoublèrent.

— Il nous gâte, notre souverain ! entendis-je.

— Ces feux sont majestueux !

— Que d'argent parti en fumée, maugréa un autre.

Les jours qui suivirent furent un ravissement pour les âmes. Des fêtes, des ballets, des joutes et autres feux d'artifice étaient au programme de chaque journée. Cette ville éphémère semblait être devenue la capitale des folies. Je suivais partout François qui rayonnait de mille grâces, pleinement satisfait de son plan. Henri VIII ripostait, proposant à son tour moult festivités. Ainsi, chacun tentait de prouver à l'autre sa puissance, non en le soumettant mais en le séduisant. Parade nuptiale aux grands frais des royaumes, guerre d'éclats. La puérilité monarchique était désespérante.

Un soir de banquet, quelques centaines de courtisans et ambassadeurs entouraient les deux souverains installés autour de grandes tables disposées en cercle.

— Mon Triboulet, viens par ici et amuse-nous !

En habit d'apparat, souliers à pompons et chapeau à grelots, je m'approchai en boitant plus que de raison et en tirant la langue. François jubilait.

— Regarde, cher Henri, cette merveille ! Quel ingénieur aurait pu bâtir une machine aussi bancale, sinon la mère de ce cher Triboulet ? Qu'elle en soit bénie !

Un souvenir fugace passa dans ma tête. Le visage rougeaud de ma mère me hurlant des insanités, des menaces. Je la chassai de mes pensées.

— Mais qu'il est beau ! s'exclama le roi d'Angleterre.

— Pas aussi beau que vous ! Vous êtes magnifique, Henri ! Quoi qu'en dise mon roi à longueur de palabres.

Les deux souverains rirent. François reprit :

— Ne l'écoutez point, Henri, il est fou.

— Au contraire, François, nous avons tout à gagner à l'écouter, répondit le roi d'Angleterre dans un français parfait. Seuls les fous peuvent dire le vrai.

Henri avait, à coup sûr, lu Érasme : « Je le reconnais, la vérité n'est pas aimée des rois. Et pourtant, mes fous réussissent cette chose étonnante de la leur faire accepter, et même de leur causer du plaisir en les injuriant ouvertement. »

— Parle, Triboulet. Nous t'écoutons.

Toute l'assemblée m'observait. Certains avec envie, d'autres avec crainte.

— Je n'ai rien à ajouter, sinon ce que mon roi peut conter à votre sujet. Il osera sans doute le répéter devant vous, puisqu'il a le courage des grands de ce monde.

François me fixait avec un air amusé, mais je sentis poindre l'inquiétude derrière son long nez.

— Tu m'en as trop dit, Triboulet. Que dit donc ton roi à mon sujet de si mystérieux ?

Je fis tinter mes grelots en dodelinant de la tête.

— Parle, tout le monde t'écoute, insista Henri.

— Je ne le ferai que sur ordre de mon roi bien-aimé, serviteur du royaume de France devant Dieu.

Je mimai une révérence, puis fis semblant de m'emmêler les pieds dans mes chausses, pour finir par culbuter au sol. J'entendis les éclats de rire jaillir de toute part. Y compris de la bouche des deux rois. Je me relevai péniblement en grimaçant.

— Aïe ! Que la terre est dure pour les petites gens comme moi…

— Pourtant tu tombes de moins haut, mon cousin, répliqua François.

L'assemblée riait. À une exception près. À côté de son fils, Louise de Savoie se tenait droite, imperturbable.

De l'autre côté, la curiosité d'Henri ne semblait toujours pas satisfaite.

— Qu'as-tu donc à nous dire ? Parle, bouffon !

Je regardai François. Le piège que j'avais construit se refermait sur lui : soit il m'interdisait de parler, laissant libre cours à l'imagination d'Henri, soit il m'autorisait, avec tous les risques que cela comportait. Il n'était pas du genre à reculer devant l'obstacle.

— Parle, mon cousin. J'en apprendrai sûrement autant qu'Henri !

— Je ne sais point si j'ose…

Moi aussi, je savais ménager mes effets. Mais l'assistance s'impatientait.

— Allez, vilain, raconte !

Tous les regards étaient tournés vers moi. Les oreilles bien dégagées pour m'entendre. Je goûtais avec délectation ce surcroît d'attention.

— Je crois que je ne vais rien dire.

La réprobation des convives ne se fit pas attendre. Un oignon vola, puis deux, puis d'autres. Un bol en bois vint percuter ma tempe. Je sentis de la soupe chaude couler le long de ma joue. Un poireau cogna mon menton. Je basculai en arrière.

— Cessez ! criai-je, assis sur mes fesses, dégoulinant de potage.

Le calme revint peu à peu. Je me relevai en m'essuyant.

— Je ne peux point vous le dire. Je ne peux point rapporter ce que notre bon roi dit d'Henri en privé. Vous imaginez l'esclandre ? Si je révélais la vérité ?

La tension monta d'un cran.

— Je ne peux point dire que le souverain de France m'avouait, pas plus tard qu'hier au soir, qu'en combat au corps à corps il ne ferait qu'une bouchée de ce pataud de roi d'Angleterre et sa tête de vieux chou avarié.

Les rires fusèrent. Y compris, et à ma grande surprise, celui du roi d'Angleterre qui semblait goûter la plaisanterie.

— Vraiment ? C'est une affaire qui se joue ! s'exclama-t-il en pouffant.

— Vraiment ? renchérit François.

La farce prenait une tournure folle.

— Vraiment ! répondit Henri.

— À mains nues ! Et le reste aussi, poursuivit François qui se leva subitement et se mit à ôter ses colliers et son pourpoint pour se retrouver bientôt torse nu, devant toute l'assistance exaltée.

Dans le regard immobile de Louise de Savoie, on pouvait deviner l'effondrement d'une mère. Henri, stupéfait, n'avait d'autre choix que de suivre. Il ôta ses vêtements à la hâte. La soirée n'était pas à une extravagance près.

— Mes sires, je vous prie de venir me retrouver au centre.

Je m'improvisai arbitre du tournoi. Les deux souverains me rejoignirent. François, agile et massif en sautant par-dessus la tablée. Henri, également lourd, mais un peu plus trapu, en la contournant. Le duel s'annonçait équilibré et l'on pouvait compter sur le génie tactique du roi de France pour arranger une égalité qui scellerait, au moins symboliquement, une union entre les deux pays.

— Le combat se déroulera suivant les règles suivantes. Le premier qui fait chuter l'autre gagne.

— Et ?

— C'est tout.

Autour de nous, les tablées retenaient leur souffle. À ma droite, François, regard franc et sourire aux lèvres, défiait Henri, qui peut-être regrettait sa décision. Je jubilais intérieurement. Moi, le bouffon, je jouais des deux souverains comme de marionnettes.

— Attention, mes sires !

Chacun des deux combattants se mit en position, genoux légèrement pliés et mains relevées près du buste.

— Combattez !

Mon injonction à peine terminée, François se jeta sur Henri, le saisit par les épaules, le fit pivoter avant de le plaquer au sol. La tablée des notables français applaudit à tout rompre. Sauf Louise. Les Anglais, choqués, ne souriaient plus. François, l'allure triomphante, aida Henri à se relever. Ce dernier, les cheveux en bataille, tentait de reprendre son souffle.

— Bravo, François. Quelle force ! déclara-t-il en grimaçant.

Le lendemain, il était reparti. Trois jours après, il s'allia avec Charles Quint, l'ennemi juré de notre royaume.

*

* *

Devant mon châtaignier, deux rejetons rigolards passent sans me regarder, trop occupés à s'inventer un monde où ils seraient chevaliers, rois, seigneurs. L'un d'eux se saisit d'un bâton et provoque son camarade. Ce dernier ramasse une pierre et les voilà partis pour un simulacre de combat à mort, pour rire. Les garnements, comme les rois ne changent pas.

Des enfants, François avait continué à en avoir. Sept, en dix ans de mariage. Épuisée, la reine Claude en mourut, à peine la vingtaine passée.

— La mort fait partie de la vie, me glissa-t-il peu après avoir appris la nouvelle.

L'armure d'acier qui le protégeait lors des batailles lui caparaçonnait-elle aussi le cœur ? Était-il simplement pudique, ou si tourné vers lui-même qu'il demeurait incapable de ressentir la perte, l'abandon, le chagrin ? Peut-être était-ce seulement une bravade envers la mort qui rôdait, qu'il provoquait, qu'il défiait.

La bataille de Pavie lui donna un nouveau champ pour de futurs exploits. Malgré les réticences de ses conseillers, depuis plus de deux semaines, nous assiégions la ville.

— Notre présence ici est-elle bien raisonnable, sire ?

— Tu n'entends rien aux règles de la guerre, mon brave cousin.

— Si vous me permettez, Charles Quint a besoin de ce territoire pour circuler librement au sein de son empire. Il ne laissera jamais tomber cette province, ni cette ville.

— Le pari n'en est que plus excitant !

— Vous aviez déjà failli perdre votre couronne en engrossant Marie Tudor, la vie face à un sanglier, l'honneur à Marignan, vous risquez encore de perdre beaucoup avec cette bataille. Ne serait-il point temps d'arrêter de jouer ?

— Mais, mon cousin, quoi de plus beau que le jeu ? De plus sublime que l'inaccessible ? De plus fantastique que de se sentir vivant devant la mort qui guette ?

L'hiver était rigoureux. Il avait dépouillé les arbres. Le givre recouvrait les tentes. Sur le sol blanc, des traces de sabots se dessinaient. Les deux mastodontes qui se faisaient face étaient les armées les plus puissantes du monde. Chacune des troupes avait eu le temps de s'organiser, demander l'appui de renforts. De simples humains, qui ne se détestaient même pas, étaient prêts à s'entretuer. Seul dans le froid sec du petit matin, j'avisai la ligne de canons.

— Les nôtres sont plus robustes et plus nombreux. Ils n'ont aucune chance, me glissa un jeune officier.

Je contemplai ces fûts en bronze qui n'attendaient qu'une mèche pour cracher la mort. Des ingénieurs avaient consacré leur vie à ces engins. Dans le silence de leurs études, ils avaient posé des équations, évalué les quantités d'explosifs, la taille des boulets, la précision des tirs, dans le seul et unique but d'anéantir des vies, des souvenirs, des amours, des attentes, des avenirs, de transpercer des chairs et broyer des os.

— S'ils approchent, ça va leur faire des trous dans le buffet, mon ami ! De quoi leur couper l'appétit pendant une paire de jours. Allez, va te couvrir, c'est point un temps pour les bêtes à grelots !

— C'est point un temps pour les bêtes à cornes non plus, répliquai-je.

— Que veux-tu dire, mon ami ?

— Que j'ai vu ton épouse avant ton départ ! D'ailleurs ton voisin te salue.

Le sourire du jeune soldat s'effaça.

— Déguerpis de là, affreux !

Il se baissa pour saisir un caillou et me l'envoyer en pleine face. J'esquivai, et la pierre vint ricocher sur un baril de poudre.

— J'espère que tu sais mieux viser que ça, lançai-je en tournant les talons.

Les jours passèrent. D'un ennui presque mortel. Les nuits étaient froides et lugubres. Couché sur ma paillasse, je partageais ma tente avec des fantassins. À croire que je m'étais habitué au luxe tant leurs ronflements, leurs discussions de soudards, et leurs concours de rots ne m'arrachaient plus un rictus.

En pleine nuit, un coup de canon retentit. J'enfilai mes souliers et sortis à la hâte. Une palissade qui protégeait notre campement était tombée. Des silhouettes ennemies déferlaient en nombre à la lueur des torches. Déjà, j'entendais les gémissements, les râles, les plaintes et les bruits de ferraille qu'on cogne. Je bondis dans un arbre. Moi, le piètre grimpeur au corps biscornu, je gagnai la cime, poussé par la peur. Car la Faucheuse était bien là, à quelques coudées en contrebas, débutant sa danse lancinante dans un vacarme fou.

Entre les branches nues, je distinguais les épées qui tranchent les gorges et explosent les crânes, les chevaux cabrés sous les flammes, leurs entrailles pendantes et leurs yeux révulsés. La bataille semblait perdue d'avance. Les assaillants avaient pris notre campement par surprise. Agrippé à mon arbre, mes ongles plantés dans l'écorce pour ne pas glisser, je ne pouvais pas me boucher les oreilles. J'allais mourir là, de froid ou débusqué à coups de lance.

Soudain, des coups secs résonnèrent. Les arquebusiers venaient d'arriver. Pointant les assaillants, ils faisaient mouche. Des corps tombaient, d'autres fuyaient. En quelques minutes, la peur changea de camp. La victoire aussi. Je ne sentais plus mes bras, ni mes mains gelées. Mes doigts glissaient sur l'écorce. Mais je voyais à présent le feu de nos canons qui repoussaient les assauts.

— On les tient presque ! entendis-je.

Une clameur s'éleva. Un air chargé de poudre piqua mes narines. Je me surpris à respirer de nouveau.

— À L'ATTAQUE !

Ce cri, par-delà le fracas, surprit tout le monde. Je le reconnus tout de suite. François, en armure, sur son cheval bardé d'acier, venait de partir, seul, à l'assaut des troupes ennemies, obligeant ainsi ses canons à se taire.

— Halte au feu !

Stupéfaits, les artificiers relevèrent leur torche.

— SUS AUX FAQUINS !

Devant nous, tel un chevalier héroïque, François faisait tournoyer son épée sous l'œil médusé de nos officiers. L'armée entière s'était figée. Plus aucun fantassin n'osait bouger.

— Qu'est-ce qu'il fait ?

— Qu'est-ce qu'on fait ?

— On ne peut point lui tirer dans le dos !

La panique gagnait les rangs.

— Pourquoi fait-il ça ?

— C'est le roi, il sait ce qu'il fait…

François continuait sa cavalcade, seul face au danger. Le vacarme avait cessé et j'assistai au spectacle d'un homme parmi les plus puissants du monde, cavalant au-devant de la plus grande catastrophe que le royaume de France ait jamais connue. Quelques instants plus tard, une dizaine de chevaliers l'encerclèrent, le firent mettre au pas, puis le capturèrent comme on cueille une pomme.

— C'est invraisemblable, s'écria Montmorency en tombant sur son séant.

— Ils vont le tuer, s'alarma un officier.

Je savais que non. Les loups ne se tuent pas entre eux. Il fut fait prisonnier.

— Bon... Le roi n'est point mort. Vive le roi quand même ? hésita un fantassin.

Lorsque le soleil se leva, la France n'avait plus de souverain. Et moi, plus de cousin.

*

* *

Le ciel de Blois fait des caprices. La pluie commence à tomber. Les branchages qui m'avaient autrefois sauvé d'une attaque nocturne m'abritent aujourd'hui d'une soudaine giboulée. Un éclair strie le ciel. La foudre tombe au loin. Le tonnerre éclate. Comme jadis la nouvelle de la capture du roi dans tout le royaume. Et dans le cœur de Louise.

« *Madame, pour vous faire savoir comment se porte le reste de mon infortune, de toutes choses ne m'est demeuré que l'honneur et la vie qui est sauve.* »

Voilà comment, en quelques mots, François résuma à sa mère le récit des événements. Il écrivait de Madrid où il était captif. L'information s'était répandue à la cour telle une maladie honteuse. Chacun y allait de son commentaire.

— Quelle infortune… Quel désespoir…

— Avait-on besoin de traîner nos armées dans le Milanais ?

— Qu'allons-nous devenir dans un royaume sans tête ?

Cette dernière question me fit sourire. Car une tête, il y en avait une. Et une forte. Louise gérait les affaires du royaume, comme à son habitude, avec cette fois-ci une régence qui la rendait légitime. Elle avait réuni les ministres, les officiers, les seigneurs, dans la grande salle du conseil. Je poussai la lourde porte qui grinça sur ses gonds.

— File de là, je ne veux plus te voir ! me lança-t-elle. Sinon ?

— Je mourrai.

— C'est ça.

J'allais partir quand une voix s'éleva de l'assemblée.

— Voilà Triboulet qui rumine ! Hideux, bien blet, et grise mine !

Des vers aussi médiocres ne pouvaient venir que d'un seul être, qui en improvisant réussissait l'exploit d'être encore plus mauvais que d'habitude. Marot s'approcha de moi, chapeau à plumes sur la tête, sourire aux lèvres.

— Malheureuse capture, tu n'as plus ton cousin. Que cela doit être dur, tu fais moins le malin !

Marot se retourna vers Louise avec un air satisfait qui ne le quittait jamais. J'imagine que, même à la selle, il admirait ses étrons comme il contemplait ses poèmes.

— Méprisable sournois, lâche-moi donc les noix ! lui répondis-je.

La foule se mit à murmurer comme un monstre qu'on réveille en le grattant sous le menton. Je voyais les dents poindre dans les sourires narquois. Les foudres vengeresses étaient prêtes à s'abattre sur moi. Les épaules tombantes et leur cœur lourd, je partis sans demander mon reste.

Les jours qui suivirent furent longs, les nuits pareilles à des souterrains. Privé de ma raison d'exister, vivant mais inutile, je traînais ma carcasse en rasant les murs. Parfois, assis en tailleur sur mon lit pendant des heures, je ressassais le passé, maudissais l'avenir. Je me parlais à mi-voix, dans de longues conversations solitaires.

— Comment faire ?

— Comment faire quoi ?

— Vivre.

— Tu vis, c'est l'essentiel.

— Non. L'essentiel, c'est d'être libre.

— À quoi bon être libre enfermé dans cette prison dorée ?

— À quoi bon être mort ?

— Je ne sais point. Le monde s'est arrêté.

— Ton monde s'est arrêté. Parce qu'il ne tient sur rien. Des fariboles, des facéties, du vent. Voilà ce que tu es. Un vendeur de vent.

— C'est vrai. C'est ma fierté. Faire rire.

— Seulement les puissants, qui te nourrissent, qui te gâtent.

De rage, je me levai et balançai un coup de pied contre le mur. La douleur occupait mon esprit. Pendant ce temps, je ne pensais qu'à elle. Je la laissais se calmer. Puis les conversations reprenaient.

— Tu es libre de partir. Quitter cette mascarade.

— Pour retourner dans la rue ?

— Pour retourner dans toi-même.

— Ça n'a aucun sens. On dirait du Marot.

Je riais. Seul.

Et Lisette ?

— Elle s'en moque, de toi.

— Je ne pense point.

— Tu ne penses point ?

— Non, je le sens. Je l'ai senti cette nuit où nos deux corps…

— Elle était saoule.

— Non.

— Si. Tu le sais.

— Peut-être qu'elle était saoule, mais ça ne change rien.

— Si.

— J'ai senti quelque chose. Je le sais.

Je m'écroulais de fatigue. Épuisé de délires.

Au fil des semaines, mon état s'aggravait. Je ne me lavais plus, me nourrissais de moins en moins, évitais de croiser quiconque. Surtout Louise. Pourtant, elle avait toujours l'œil sur moi. François n'était pas mort. Peut-être reviendrait-il. Je pourrais bien être utile à nouveau.

Un matin, poussé par la faim, je descendis discrètement en cuisine.

— Mon frère, que fais-tu là ?

Je sursautai. Nicolas éclata de rire.

— Qu'est-ce que c'est que cette tête de… fou ?

Il rit fort de nouveau.

— J'ai connu des jours meilleurs…

— Ceux où tu croupissais dans la pisse d'Aliénor ?

Je pouffai à mon tour mais mon rire se transforma en une vive quinte de toux.

— T'as point l'air en forme. J'vais m'occuper de toi.

Je m'assis péniblement sur un coin de banc et regardai mon frère se saisir d'une casserole, la poser près du feu, y verser légumes, plantes, épices, tel un mage qui prépare sa potion.

— Il m'manque de l'huile. Mais j'crois que je pourrais en faire avec ta tignasse, mon frère.

Je passai ma main dans mes cheveux poisseux. Il riait. Le voir ici, en pleine forme, m'apaisait.

— Tiens, bois ça ! Tu m'en diras des nouvelles.

Il me tendit un bol et s'assit en face de moi. Des effluves de légumes bouillis, de lard et de poivre emplirent mes narines. Et bientôt mon estomac.

— Merci, mon frère.

— Merci, mon frère.

Il me sourit.

Par moments, j'allais mieux. Je me faisais une raison. La patience était devenue mon amie. Toutefois, l'isolement me pesait et j'étais comme un prisonnier libre de ne rien faire. François était en captivité. Moi aussi. Sans sa souveraine protection, la moindre sortie hors de ma chambre était un risque de mauvaise rencontre. Comme celle avec le seigneur d'Étigny.

— Tiens, vilain ! Comme ça fait plaisir de te revoir. J'imagine que c'est réciproque ?

Je savais que je n'aurais pas dû m'aventurer dans ce couloir. Mais le besoin de me dérouiller les jambes m'avait guidé. Mon corps n'était pas fait pour l'activité physique, mais pas davantage pour passer des heures immobile. À bien y réfléchir, il n'était fait pour rien. Et encore moins pour se battre contre un seigneur dont je commençais à percevoir la soif de vengeance. Je tentai de contenir la panique.

— Alors ? Tu ne me confonds plus avec toi-même ? Tu m'as l'air bien calme pour un fou.

C'était une fin d'après-midi. Le soleil était bas et ses rayons rasants venaient taper contre les murs à travers la croisée.

— On t'a connu plus baveux ! Tu as perdu ta langue ?

D'un pas lent et décidé, ne me quittant pas du regard, son corps massif et lourd s'approchait de moi. Le mien se raidissait.

— Il est encore temps de t'enfuir à grandes enjambées. Encore faudrait-il être équipé pour !

J'étais presque à sa portée.

— Je ne suis point équipé pour courir. Pas plus que vous, pour penser.

Je sentis ses mains froides sur mon cou.

— Ne t'inquiète point, ça ne va pas durer !

Il serra. Je suffoquai. Toute tentative de respiration était vouée à l'échec. J'allais mourir, enfin. Être libéré. Fuir loin de ce corps, de cette cour. Loin des faux-semblants, des hypocrisies.

Serre plus fort, qu'on en finisse, pensai-je.

Sa main ne tremblait pas. Dans ses grands yeux bleus que je remarquai pour la première fois, de minuscules vaisseaux rouges serpentaient. L'air me manquait. L'étau se resserra encore.

— Lâchez-le, mon seigneur. Vous lui faites si peur !

Cette voix était-elle celle du gardien des portes de l'enfer ? Le diable parlait-il en rimes ? Assurément non. Pire que Satan en personne, c'est Marot qui venait d'arriver. Je sentis l'étreinte se relâcher autour de mon cou. Je toussai, avalai de grandes goulées d'air.

— Qu'est-ce que tu fais là ? s'écria le seigneur d'Étigny en direction du poète courtisan.

— Croyez-vous que Louise serait heureuse de savoir que vous avez tué de vos propres mains le cousin de son fils, roi de France ?

— Je n'ai jamais pu sentir les écrivailleurs de ton espèce. Pas plus que les débiles de la sienne, ajouta le seigneur en me regardant, bouillonnant de rage.

Marot s'était placé dans un rai de lumière qui mettait en valeur sa chevelure épaisse et noire.

— Pour ce qui est des débiles, ça nous fait un point commun.

Je contemplai, hébété, se jouer devant moi ce mauvais drame aux comédiens médiocres. Le seigneur d'Étigny tourna le dos et partit en frappant le sol de ses bottes. Marot me regarda avec morgue. Savait-il regarder autrement ?

— C'est pour Madame que je l'ai fait. N'y vois aucun signe d'affection de ma part.

— Je sais que c'est ta façon à toi de dire que tu m'aimes, lui répondis-je d'une voix enrouée.

Pour la première fois, je vis Marot sourire. Je m'éloignai en me massant la gorge. Ma solitude m'attendait.

Je la trompais seulement avec mon frère, aux cuisines. Je descendais toujours au moment où j'étais certain de le trouver seul. Je m'asseyais au même endroit. Il me tendait ce même breuvage. Notre enfance planait dans nos silences, nos regards. Dans la fratrie, il n'avait jamais été le dernier à me rabrouer, mais toujours avec ce regret dans l'œil qui disait « je n'ai point le choix, ma place ici ne tient que sur ta détestation, nous sommes soudés autour de ton rejet ». Aurais-je eu, à sa place, l'audace de m'opposer ? Nous n'en parlions pas. Les non-dits avaient parfois valeur de pardon.

*

* *

— Le Vernoy veut te voir.

Le valet qui venait de frapper à la porte de ma chambre repartit aussitôt. Je m'assis sur mon lit, abattu. Depuis la mort du roi Louis, pris dans la tourmente, les fêtes, les banquets, la vie de château, la solitude, la déchéance, je l'avais oublié. Il m'avait façonné, tout enseigné, tout appris. Je lui devais tant, presque tout. Mais je l'avais laissé sortir de ma vie sans même y prendre garde. Comme Caillette. La honte me saisit.

Je revêtis ma plus belle toilette et pris la direction de ses appartements. Je marchais vite comme pour rattraper le temps perdu, fuir la culpabilité. Lorsque je toquai à sa porte, personne ne répondit. Je frappai à nouveau. Un page m'ouvrit.

— Entre, Triboulet !

Je pénétrai dans une pièce sombre seulement meublée d'un lit sur lequel, à la lueur d'une bougie, une silhouette expirait.

— Approche-toi, me dit une faible voix.

Je découvris les traits épuisés de mon maître. Il avait les joues creusées, les yeux cernés, la peau blanche comme la craie. Je repensai à notre première rencontre sur cette place, Caillette attaché à un poteau, moi en guenilles, lui en velours impeccable. Je contemplai ce corps, naguère si vaillant et fier.

— Les douleurs m'accablent, mon bon Triboulet. Je n'en ai plus pour longtemps.

Son souffle était court. Il parlait lentement.

— Mais la vie n'est qu'une étape.

— Une étape vers quoi ?

— Qui sait ?

Je reniflai.

— Je suis fier de toi... De ce que tu es devenu... Continue à être juste, le plus longtemps possible...

— Comment puis-je être juste dans ce bal des vices ?

— Continue à dire au monde qui il est… Tu en dis bien plus dans tes bouffonneries que n'importe quel traité de philosophie… La parole sauve… Le rire aussi… D'une autre manière.

Érasme nous unissait. Le Vernoy sourit faiblement, et prit une grande inspiration.

— « L'avis donné en plaisantant n'a pas moins d'effet que le sérieux. La vérité un peu austère par elle-même, parée de l'attrait du plaisir, pénètre plus facilement dans l'esprit des mortels. Sans doute est-ce là ce miel que, dans Lucrèce, les médecins pour faire prendre un remède à des enfants appliquent autour d'une coupe d'absinthe. »

Son souffle vacillait. Pas sa mémoire.

— « Et les princes d'autrefois n'ont pas eu d'autre intention en introduisant dans leurs cours les gens de ton espèce, que de trouver dans leur franc-parler, qui ne saurait offenser personne, le moyen de connaître et de corriger leurs propres défauts. »

— Je ne sais plus, avouai-je.

— Tu doutes ? Tu as raison… Moi aussi, j'ai vieilli, et mes certitudes avec…

— Ma parole sauve-t-elle d'autres personnes que moi ?

Il ne répondit pas. Ses yeux se fermèrent.

— Le Vernoy, mon cher maître, quel sens peut bien avoir tout ça ? Avoir l'oreille des rois ? Pouvoir leur hurler la vérité, leur barbouiller leur nez de leurs contradictions, leur hypocrisie, leur arrogance…

Dans quel but ? Pour quel résultat ? Il est curieux comme le rire fait peur. Comme il est puissant. Et libérateur. Mais il n'est qu'un éclat éphémère, frivole. Et vain.

Le Vernoy m'entendait-il encore ? Dormait-il ?

— Et si ma liberté cautionnait le pouvoir ? Si elle ne servait qu'à le rendre supportable ? Comme si le désordre renforçait l'ordre ?

Le Vernoy rouvrit les yeux lentement. Ils étaient emplis de calme et de douceur.

— Pour un fou, tu es devenu bien philosophe…

Son souffle faiblit, jusqu'à devenir un léger sifflement, qui bientôt se tut. Il ferma les yeux. Le cœur sec et dévasté, je reculai, puis sortis de la pièce.

Dans les semaines qui suivirent, je sombrai peu à peu dans une longue torpeur. Bientôt, je ne quittai plus la chambre, préférant rester des heures dans le noir. Je portais en moi le regret de ne pas être un vrai fou. Comme si eux seuls pouvaient survivre, parfaitement adaptés à l'absurdité de l'existence, cheminant tels les danseurs de cordes, aériens et libres.

*

* *

Le tonnerre s'est calmé. Il ne pleut plus, mais les nuages menacent toujours, comme s'ils n'avaient pas dit leur dernier mot. Comme si le pire n'était qu'un gouffre sans fond. Qu'après la pluie venaient le froid humide et le vent mauvais. À cette époque, les disparations s'enchaînaient.

— Jean Marot est mort.

C'est mon frère qui m'apprit la nouvelle. Après mon plus cher ami, je perdais mon plus fidèle ennemi. Mon cœur se dépeuplait. Je me sentais vide. Je repris du potage.

En remontant vers ma chambre les épaules basses, je fis un détour par la salle des gardes. En pleine rénovation, je savais que les ouvriers y entassaient divers outils. Je me saisis d'une corde. Je n'avais pas choisi de naître, je n'avais pas choisi de ressembler à une anomalie, je n'avais pas choisi ce miracle nommé Louis, ni cette calamité nommée François. Au moins m'offrais-je le luxe de choisir ma propre fin.

Arrivé dans ma chambre, rassemblant mes dernières forces, je tirai une chaise puis l'escaladai avec peine. Même pour mourir mon petit corps rechignait. Plus rien ne me traversait l'esprit. J'étais simplement guidé par cette imminente libération. Qui me pleurerait ? Lisette ?

Je jetai un regard vers ce lit où je l'avais aimée, lançai la corde autour d'une poutre et fis un nœud pour l'arrimer solidement. À l'autre extrémité, j'avais pris soin d'en faire un autre, coulant, qui arrivait à la hauteur de ma tête. Je la passai à l'intérieur.

— Le bouffon est mort, vive le bouffon ! m'écriai-je.

Puis, d'un coup de pied, je fis basculer la chaise.

Une seconde plus tard, j'étais au sol avec de la poussière partout autour de moi, et un terrible mal aux fesses. Je gisais là, hébété, au milieu de mon échec. Je fus pris d'un fou rire nerveux. Des spasmes secouaient mon corps. Même la mort ne voulait pas de moi.

— Il est libre ! C'est un miracle ! Il est libre !

Je sursautai. Ce « Il » ne pouvait désigner qu'une seule et illustre personne. Sans même me changer, je sortis en trombe de ma chambre.

Dehors, le soleil brillait. Je me précipitai sur les premiers venus.

— Quand arrive-t-il ? Où est-il ?

— Va-t'en, sale créature ! me rabroua-t-on en m'envoyant des coups de pied.

Plus rien ne pouvait me faire de peine. J'étais déjà mort trop de fois.

La grande cour avait été décorée à l'effigie de François. Sur les drapeaux jaune et bleu, flottaient des salamandres accompagnées de sa devise, *Nutrisco et extinguo*.

— « Je m'en nourris et je l'éteins. » Tu comprends, mon cousin ?

Je le revois m'expliquer sa trouvaille en bombant le torse.

— La salamandre est un animal qui résiste au feu ! Et qui en vit ! Elle avale les flammes ennemies et les étouffe.

J'étais perplexe. À l'époque, François n'était encore qu'un enfant mais il avait déjà pensé à tout.

— Ce sera mon emblème ! J'en ferai graver sur les façades, sur les murs des salles de réception, sur les plafonds. Enfin, si ma mère le veut bien.

— L'emblème de ta mère pourrait être une sangsue, lui avais-je alors répliqué.

Elle était là, au milieu de l'effervescence. Chacun guettait le moindre de ses gestes, une inclinaison de tête, un battement de cils. Louise allait-elle enfin quitter ce rôle de dame patronnesse pour celui de mère heureuse de retrouver son César sain et sauf ? L'attente touchait à sa fin. Je m'étais hissé sur un muret. Les courtisans se rassemblaient à la hâte. Les dames portaient coiffes brodées en satin et robes en taffetas. De riches prélats avaient sorti leurs tenues d'office. Chacun y allait de son commentaire.

— Quelle joie !

— Merci, Dieu tout-puissant.

Son arrivée était imminente.

— Vive le roi ! Vive le roi ! s'écrièrent les courtisans à l'entrée des premiers chevaux du cortège.

Repenser à François partant seul à l'assaut des troupes de l'Empire me fit sourire. Repenser à la tête de Montmorency aussi. La litière du roi fit son entrée par la grande porte. Quatre étalons houssés de noir arrêtèrent leur course et la porte de l'attelage s'ouvrit. Une clameur s'éleva. Puis la carrure superbe et imposante du monarque, triomphant, paré d'un manteau en velours bleu fleurdelisé, double collier d'or au cou, bondit sur les pavés de la cour. La clameur se mua en cris de joie et applaudissements nourris. Au premier rang, Louise restait imperturbable.

— Qu'il est bon d'être de retour chez moi ! Chez nous !

L'ovation redoubla d'intensité.

— Pour fêter ça, tous à la chasse !

La liesse s'empara de la cour. Certains sautaient de joie. D'autres se prenaient dans les bras. Déjà, des cors résonnaient et l'on faisait sortir les chevaux des écuries. Louise tourna les talons en direction de ses appartements. Je rejoignis ma chambre.

Tout semblait reparti comme avant. François ne semblait pas avoir changé, il était toujours habité par cette même force brute et insouciante. En y repensant aujourd'hui, je ne parviens pas à lui en vouloir. Sa naïveté m'émeut toujours.

Il restait l'enfant qu'il n'avait jamais cessé d'être. Celui qui grimpait sur mon dos, faisait des caprices pour ne pas apprendre ses leçons, préférait courir les filles plutôt que les livres. Il était cet être immature à qui la destinée avait confié un royaume. Les aléas du destin donnent le vertige.

*

* *

J'ai froid à présent. Le vent souffle de plus en plus fort. Les branches du châtaignier craquent. Je me sens aujourd'hui comme je me sentais hier. Protégé par la puissance, mais à sa merci. Que faire ? Laisser passer, faire le dos rond, accepter la fatalité, toujours et encore. Ou prier. Mais prier qui ? Prier quoi ? Le ciel est-il seulement rempli de ces nuages épais qui filent sous mes yeux ?

À l'époque, la cour bruissait d'une nouvelle religion inventée par un certain Luther. Elle promettait de révolutionner les dogmes et les querelles faisaient rage. Je surprenais des bribes de discussions dans les alcôves du château, sentais le ton monter, les menaces planer. Les procès annonçaient un cataclysme dans tout le pays.

Jusqu'alors, j'avais toujours tenu Dieu loin de moi. Mes souvenirs d'enfance se limitaient à cette messe interrompue et à quelques incartades sous les soutanes d'ecclésiastiques d'où je m'écriais :

— *Duos habet et bene pendentes !*

« Il en a deux et bien pendantes. » Il se disait que cette phrase concluait l'analyse des virilités du pape fraîchement élu pour vérifier qu'il ne s'agissait pas d'une papesse. Je voyais les visages des hommes d'Église rougir plus que leur vin de messe, leur mâchoire se contracter comme s'il s'en était coincé une « bien pendante » dans leur missel. Ils finissaient par me chasser à coups de pied.

— Doucement là ! Y paraît qu'la colère est un péché capital !

La religion goûte peu la plaisanterie. La vérité révélée est pourtant source réjouissante d'absurdité. La manière dont la confession rachète moult choses honteuses, par exemple. Celle d'« aimer son prochain » en l'envoyant au bûcher. Et surtout, la question d'une vierge nommée Marie qui enfante. Cette dernière faisait même partie des débats du moment entre partisans ou non de la Réforme, dans des subtilités qui me dépassaient largement.

Pour l'instant, François ne semblait pas s'en soucier. Tout heureux qu'il était de fêter son retour lors d'un grand banquet.

— Que ça me fait plaisir de te retrouver, mon cousin ! Comme j'ai mille fois pensé à toi à Madrid ! J'ai du temps à rattraper ! J'ai l'appétit d'un ogre !

— Les plats espagnols n'ont-ils point la saveur des nôtres ?

— Quand je parle d'appétit, je parle de jupons à soulever, mon cousin. Deux années de disette ! Je n'y tiens plus !

— J'avais oublié qu'une seule chose peut vous refroidir.

— Quoi donc ?

— Une chaude-pisse !

Le roi s'esclaffa. Son rire m'avait manqué. Ainsi que la façon qu'il avait de balancer sa tête en arrière. Quand il la releva, il fixa une jeune fille à la robe de soie légère.

— Regarde celle-ci, c'est Anne de Pisseleu ! As-tu déjà vu plus belle femme ? Des hanches plus généreuses, des seins plus copieux ! C'est une des plus belles fleurs que la nature nous ait donnée, mon cousin ! Et crois-moi qu'elle a besoin d'être arrosée !

— Je vois que mon bon roi a cultivé l'art du raffinement lors de sa captivité…

— C'est la fille d'honneur de ma mère. Mais je peux te dire que ce n'est point la fille de vertu. Dix-huit ans ! Le meilleur âge. Encore crédule mais plus tout à fait dupe.

Je n'ai jamais su s'il me faisait plus rire qu'il ne me désespérait.

— Allez, profite, mon cousin ! Avec ta place auprès de moi, tu as toujours la garantie de glisser ta marotte où bon te semble.

Il me fit un clin d'œil rigolard. Je baissai les yeux.

— Qu'est-ce qui t'arrive, mon cousin ? T'as toujours cette Lisette dans le cœur ? Ou ailleurs ?

Il se souvenait de son prénom. Cela m'étonna.

— Elle se rapproche, puis me fuit… Puis pleure, puis sourit…

— Tu sais ce que j'en pense… ! Souvent femme varie, bien fou qui s'y fie !

— Mais je suis fou ! C'est même mon rôle, sire !

— Non, tu es loin d'être fou. Tu es mon bouffon. Le meilleur de tous les temps ! Allez, file !

Il me donna une grande tape sur l'épaule qui me fit valdinguer quelques pas plus loin. Autour de moi, la cour s'amusait. Louise surveillait. Sa silhouette s'était quelque peu affaissée au fil des ans, mais pas sa vigilance. Depuis le retour de son César, elle ne le lâchait plus du regard, se plaçait en permanence dans son sillage. Tout le monde remarquait sa présence. Mais plus encore, son absence.

C'est ainsi que, chaque fois qu'elle était amenée à quitter momentanément la cour, je m'en inquiétais auprès du roi.

— Elle te manque ? me dit-il avec malice.

— On s'attache à son geôlier.

— Elle est à Cambrai. Elle signe un traité de paix avec l'Empire. D'ailleurs, grâce à ce traité, nous aurons bientôt une nouvelle reine, mon cousin. Éléonore de Habsbourg, la sœur de l'empereur. Elle est jeune, belle, le visage gracieux, les formes dessinées…

— Faites attention, vous bavez, sire ! On dirait le comte d'Arbois quand vous lui faites un compliment.

Il rit.

— Et en plus, je vais revoir mes fils.

Soudainement, je pris conscience que, depuis un bon moment, je ne les avais plus remarqués dans la cour du château, ni à aucun banquet.

— Ils ont dû trouver le temps long…, reprit-il.

— Où donc ?

— À Madrid.

— Mais ? Que font-ils à Madrid ?

— Comment, tu ne sais pas, mon cousin ? Je les ai échangés contre mon retour.

— Vous avez échangé votre libération contre vos propres enfants ?

— Oui. Et aujourd'hui, la leur me coûte deux millions d'écus d'or.

— Vous savez à présent combien coûte votre semence…

— Et la tienne ? Quand engrosses-tu ta Lisette ?

Je fis semblant de ne pas entendre.

— Ce traité va être signé à Cambrai, et vous n'y êtes point ?

— L'empereur Charles Quint n'y est point non plus. Il a envoyé sa tante.

Je ne trouvai aucune blague à la hauteur de l'aberration.

— Donc, en ce moment, est signé un traité historique entre l'Empire et le royaume de France, sans que l'empereur, ni le roi de France ne soient présents ?

— C'est cela. Les femmes sont douées pour la paix, et les hommes pour la guerre. Ainsi va le monde, mon cousin !

Lucidité soudaine ? Ou simple badinerie ?

— Allez, la chasse nous attend ! Taïaut taïaut taïaut ! hurla-t-il.

*

* *

— J'suis désolée.

Sous les arcades de la cour intérieure, Ernestine s'était agenouillée face à moi.

— Pendant toutes ces années, Lisette craignait ta réaction. T'es d'venu si puissant, si respecté. Comment t'aurais pu lui accorder un peu d'intérêt ? Quel sort aurais-tu réservé à ce qu'il convient d'appeler « son époux » ?

Je venais de recevoir comme un énorme coup de poing dans l'estomac. Ernestine parlait vite, d'un ton saccadé.

— C'est un palefrenier du duc de Bourgogne. Le père de Lisette l'a mariée d'force. Elle pouvait rien dire. Rien faire.

Je tentai de rester debout. Ernestine me posa la main sur l'épaule. Je reculai d'un pas.

— Elle l'aime point. Jamais elle l'a aimé. Elle m'l'a dit et répété. Jamais.

Je ne savais que dire. Que faire. Même pas pleurer. Il faisait beau. Le soleil tapait fort. J'avais froid.

— Va la voir, reprit Ernestine. Elle t'attend.

— Pour… Pour lui dire… quoi ? bégayai-je.

— Va la voir.

Ernestine me laissa seul. Il me sembla qu'un page vint me parler. Je dus l'écouter sans entendre. Il aurait pu m'annoncer la décapitation du roi que je n'en aurais rien su. Ma tête tournait. « Plus l'amour est parfait, plus la folie est grande et le bonheur sensible », disait Érasme. Pour une fois, ces mots ne m'étaient d'aucun secours. Pas davantage que mes pitreries grâce auxquelles j'avais pourtant pris l'habitude de me tirer de n'importe quelle situation. J'étais vide. Tout avait le goût de l'absurde. Personne ne viendrait me sauver.

Lorsque j'arrivai devant la chambre de Lisette, j'entendis des sanglots. Je poussai la porte. Assise par terre, son long corps recroquevillé ressemblait à un roseau après l'orage.

— Pardon…, bredouilla-t-elle.

Je m'approchai.

— Je sais c'que tu dois penser : « Quelle garce ! Elle s'moque de moi, elle s'roule sous moi, sous un autre, elle m'ignore, elle… »

Je m'assis à côté d'elle. Elle n'osait pas me regarder. Je posai un baiser sur ses joues. Puis ma main sur ses hanches. Elle se redressa. Plongea ses yeux bleus pleins de larmes dans les miens. Je remontai sur ses seins, son cou. Elle m'embrassa.

— Triboulet…

En sueur, sur le sol de cette chambre poussiéreuse, j'aurais donné cent écus pour que Jean Marot nous surprenne. Qu'il découvre dans les yeux de Lisette l'amour véritable, le plaisir absolu. Très vite, j'oubliai cet orgueil pour m'abandonner totalement. Dehors, le soleil brillait toujours. Je ne tremblais plus.

Comme prévu, François épousa Éléonore, sœur de Charles Quint. Le pouvoir ne s'embarrasse pas d'amour, pas plus qu'il n'apprécie les coups du sort. Tout doit être arrangé, prévu, cadré. Il a horreur de l'imprévu. Son ennemi : le hasard. Une fois cela assuré, la fête pouvait commencer.

— Régalez-vous, mes amis ! Que le vin coule à flots ! Que la joie emplisse vos cœurs ! s'exclama François.

Dans un coin, j'avisai Anne de Pisseleu. Elle scrutait l'assistance de son regard noir, s'arrêtant sur moi, me détaillant de bas en haut. Jamais elle n'avait pu me supporter. Non qu'elle ne soit dépourvue d'un certain humour sarcastique, mais elle avait la méfiance chevillée au corps. Elle était devenue la favorite du roi de France, et ce titre honorifique pouvait tomber en disgrâce d'une minute à l'autre. Nous partagions le même destin. Celle d'une proximité fragile avec François, d'une protection instable.

Une fois encore, la cérémonie fut l'occasion d'une fête tapageuse. Des mets les plus délicieux, des tentures brodées d'or et d'argent, des musiciens venus de tout le royaume, rien n'était assez beau, assez bon, pour contenter le roi. Au milieu des convives, jamais je ne l'avais vu autant rayonner, sûr de sa superbe, de sa force, de sa vitalité.

Quelques semaines plus tard, toute la cour partit pour Amboise, dans un long cortège de chariots transportant les meubles précieux, de dames à parures montées en croupe derrière des cavaliers. Nouveau château, nouvelle chambre, plus spacieuse, plus lumineuse. Mais toujours mêmes habitudes. Chasses interminables dans les forêts des alentours pour François. Gestion des affaires du royaume pour sa mère. Pour moi, l'occasion d'arpenter une ville nouvelle en pleine effervescence.

— Vive la fête des fous ! Vive le charivari ! me hurla une vieille dame habillée en reine de fortune tenant une bouteille à moitié vide à la main. Z'avez l'air ben trop sage ! Restez point là !

Mes souvenirs d'enfance remontèrent de mes entrailles. L'occasion était trop belle de suivre ce raffut. Je m'approchai d'un petit groupe de gens grimés en ecclésiastiques qui se mirent aussitôt à crier :

— Oh, le vilain ! Que n'es-tu notre roi aujourd'hui ?

— Mais oui, c'est lui !

— Gloire à lui !

À peine eus-je le temps d'exprimer un début de réprobation que mes pieds décollèrent du sol et que le reste de mon corps bascula sur les épaules d'un grand roux costaud. La foule commença à s'agglutiner autour de nous et se mit à vociférer des « Hourra », des « Bravo », des « Vive le roi ! » en notre direction.

— Mets ça sur toi, me somma un jeune homme édenté et l'œil rougeaud en me jetant une capeline bleue trouée.

— Qu'il est beau !

— Gloire à notre souverain !

La liesse reprit de plus belle.

— À la cathédrale !

Toute la ville semblait gagnée par la folie. Partout, on chantait, on dansait. Des corps avinés vomissaient, des femmes se tenaient les côtes de rire. Aucune limite ne semblait tolérée. Lorsque nous fîmes notre entrée dans l'édifice religieux, la nef était bondée d'une foule hystérique.

— Il est là !

— Vive notre bon roi !

— Vive le roi des fous !

Je fus pris d'une peur panique que l'on me reconnaisse et que l'on me chasse, comme jadis, mais cette fois-là pour des raisons contraires : je faisais désormais partie de la cour, des puissants, des oppresseurs. Pourtant, dans ma tête et dans mon cœur, j'étais toujours ce gamin chahuté, moqué, qu'aujourd'hui on faisait mine de célébrer.

Lorsque le grand costaud qui me tenait lieu de monture se baissa pour me faire descendre à terre, l'église se tut.

— Noble souv'rain, asseyez-vous sur c'trône. Nous allons procéder à vot'sacre !

La foule se remit à hurler.

— Je d'mande le silence ! s'écria-t-il.

Un rot monumental retentit et déclencha un torrent d'hilarité.

— Silence ! Et vive le roi !

— Vive le roi !

Curieuse impression d'assister à un spectacle, tout en y tenant le rôle principal.

— Désormais, nous allons t'sacrer pour l'éternité de cette journée. Qu'on m'apporte les fariboles !

Un jeune homme débraillé et une fille à moitié nue s'approchèrent. Ils tenaient une planche sur laquelle se trouvaient une couronne en branchage ainsi qu'un anneau rouillé.

— Par Saturne et saint Pansard, et en ce jour béni, j'te fais roi des fous !

Le vacarme qui suivit me fit mal aux oreilles. L'assistance était en liesse. Le jeune homme posa la couronne sur ma tête et me passa l'anneau au doigt.

— Et maintenant, allons fêter ça ! entendis-je.

Criant, chantant, buvant, montant sur les prie-Dieu, tout le monde se dirigea vers la sortie. Une femme s'accroupit au pied d'un pilier pour uriner sous l'œil du Christ impassible. Moi, je restai là, sonné mais souriant. La couronne glissa de ma tête.

*

* *

Ainsi, une fois l'an, dans une tradition qui peine à se perdre, les fous, les laids, les cassés et les faibles remplacent les rois, les beaux, les braves, les forts. Mais seulement quand les forts l'ont décidé. Et pour une durée qu'ils ont eux-mêmes fixée. Et seulement si, bien sûr, ils sont assurés que, sitôt la fête passée, l'ordre revienne. Bref, les faibles sont forts seulement quand les forts le décident, et dans les limites qu'ils imposent. Une seule chose ne cesse de les réunir : la mort.

Louise de Savoie avait beau être forte, elle n'y avait pas échappé. Elle était morte d'une maladie dont je n'avais rien su. Elle n'était pas du genre à s'épancher. Je n'étais pas du genre à m'inquiéter pour elle. J'appris son trépas par un page qui m'apporta un papier griffonné.

Tu es le fou le moins fou que j'ai connu. Veille sur mon César. Adieu.

Elle ajoutait l'élégance à la rigueur, enfin.

Lorsque François apprit la nouvelle, il s'effondra. Le monde entier semblait s'être abattu sur ses épaules. Il était perdu, désemparé. Peut-être triste aussi, pour la première fois. Seul, surtout.

— Je suis là, sire. Toujours.

Il ne me répondit, ni ne me regarda.

Dès le lendemain, il ordonna des obsèques monumentales. Une effigie de cire, recouverte du manteau royal d'hermine et d'or, coiffée de la couronne et tenant en main le sceptre, fut placée sur le cercueil. Comme si la mort balayait la duperie et qu'enfin Louise était reconnue véritable souveraine du royaume de France.

Dans les jours qui suivirent, la nature humaine ayant horreur du vide, seigneurs et ministres jouaient des coudes pour avoir le privilège de l'oreille de François. Lui, hagard, tournait en rond dans la grande salle du château. Moi, je regardais tourner le pathétique manège du pouvoir qui se cherche.

— Sortons.

C'est à moi qu'il venait de s'adresser. Uniquement à moi. Les yeux des conseillers suintaient la frustration et la haine. François quitta la pièce. Je le suivis en claudiquant. Mes pas courts et saccadés résonnaient sur les pavés tel le trot d'une mule. Il m'entraîna dans les jardins. Entre les rangées d'aubépines et les rosiers fleurissants, il baissa la tête vers moi et me dit d'une voix douce :

— Je suis un incapable, n'est-ce pas ?

Je m'arrêtai net. Jamais je n'avais entendu le moindre soupçon de doute, la moindre esquisse de remise en question dans la tête de ce colosse.

— Réponds-moi, mon cousin. Sois franc avec moi. Tu l'as toujours été. Tu es le seul.

Était-il un incapable ? Je n'en savais rien.

— Qui ne l'est pas ? répondis-je laconiquement.

— Heureusement que tu es là, mon cousin. Je n'ai jamais fait confiance qu'à toi. Et à ma mère. Alors que vous étiez si différents. Le jour et la nuit. Aucun point commun.

Je pris mon élan, m'appuyai sur un petit muret et bondis sur son dos. Surpris, il n'essaya pas de se débattre. En poussant sur mes bras, je me retrouvai juché sur ses épaules.

— Que fais-tu mon cousin ?

— À présent, nous avons un point commun, votre mère et moi.

— Quoi ?

— Nous vous avons tous deux eu entre les cuisses.

Le roi rit. Une jeune fille passa à quelques pas devant nous, vêtue d'une robe légère, cheveux blonds noués et visage diaphane.

— Descends de là, mon cousin ! Les affaires reprennent.

Le plaisir. Et s'il était la vraie sagesse ? Et si la folie n'était pas la recherche de la plus grande raison ? Avec le recul, mes pensées se brouillent. Mes certitudes s'essoufflent. La vérité est un horizon qui fuit dès que l'on pense s'en approcher. Une réponse amène son flot de questions, spirale vertigineuse semblable à l'escalier monumental que François a fait construire dans la cour du château de Blois.

Parfois j'aurais aimé croire en une puissance supérieure qui comble l'inexpliqué, simplifie la vie. Mais je n'avais pas la foi. Et honnissais davantage chaque jour l'idée même d'une religion censée rapprocher les humains mais qui, dans les faits, ne manquait pas une occasion pour les diviser.

— Qu'est-ce que cela ?

Les yeux emplis de fureur, Anne de Pisseleu me tendait un billet qui semblait fraîchement sorti des presses. Elle m'avait tiré de mon sommeil en frappant à grands coups de pied dans la porte. J'étais terrifié.

— Réponds !

Son impatience redoublait de rage. Je me saisis du papier.

Articles véritables sur les horribles, grands et importables abus de la messe papale, inventée directement contre la Sainte Cène de notre Seigneur, seul médiateur et seul Sauveur Jésus-Christ.

— Ne fais pas semblant de ne point connaître. Tu n'es point comédien. Tu n'es qu'un ignoble petit scarabée qui se croit tout permis ! Je t'écraserai de mon talon.

Je levai les yeux vers elle. Ses joues étaient rouges. Son corps frêle trépignait.

— Qu'est-ce que c'est ?

— Cesse tes persiflages ! On en a retrouvé placardés partout dans la ville, jusque sur la porte de la chambre du roi.

Je restai interdit. À vrai dire, je n'y comprenais rien.

— Continue de jouer les innocents, tu ne sais faire que ça. Jouer ! La comédie, le drame, la pantomime. Continue de jouer au malin, au bon petit diable ! Continue à faire le facétieux, à t'amuser. Rira bien qui rira le dernier.

Sans même que j'aie le temps de lui demander des précisions, elle s'éloigna d'un pas enragé en maugréant des phrases en latin. Rien de tout cela n'était rassurant. Je savais la grande influence qu'elle pouvait avoir sur François.

Lorsque je rejoignis la cour du château, quelques instants plus tard, l'affaire était sur toutes les lèvres.

— Vous vous rendez compte ? C'est très grave !

— Ils ont été trop loin ! C'est un affront !

— La vengeance du roi s'annonce terrible.

— Pardonnez-moi ? Est-ce que quelqu'un peut m'expliquer ? tentai-je auprès d'un valet.

— Va-t'en, chose ignoble, l'heure n'est point à la plaisanterie.

En effet, l'heure était au branle-bas de combat. Dans la grande salle du château, François avait réuni ses plus proches. C'est donc tout naturellement que je me glissai parmi eux. Le roi fulminait.

— Cette nouvelle religion est un scandale ! Ces Luthériens insultent notre culte ! Ils insultent notre royaume ! Je ne laisserai rien passer ! Je vais confesser publiquement ma foi catholique contre ces hérétiques qui répandent leur poison dans les esprits. La justice de Dieu sera terrible, et la mienne pire encore. Nous retrouverons les coupables et nous les punirons par les flammes. Cela leur donnera un avant-goût de l'enfer.

Tandis qu'il ponctuait ses phrases de grands coups de poing sur une table, dans un coin de la pièce, Anne de Pisseleu me crucifiait du regard.

— Peut-être faudrait-il déjà commencer par demander à Dieu lui-même, déclarai-je dans le silence qui suivit.

Ma saillie prit François de court. J'en profitai.

— Si Dieu a tout créé, il a aussi créé ces placards qui ont été cloués sur les portes des églises jusqu'à celle de votre chambre, sire. Il a aussi créé cette porte ainsi que votre chambre elle-même. Ainsi que ce qui se trouve dedans. Ainsi que votre fistule qui je crois vous irrite en ce moment. D'où la raison sans doute de votre colère, pour quelques bouts de papiers.

François ne sut que répliquer. Ses conseillers attendaient un signe de sa part pour savoir comment réagir, l'initiative n'étant pas leur vertu sacrée, ni le courage leur qualité principale. Je poursuivis :

— Il y a donc deux possibilités : soit Dieu existe et il faut respecter son œuvre, y compris les mécréants, les hérétiques. Soit il n'existe point et, en ce cas, nous nous énervons pour rien.

Le roi sourit.

— Tu es vraiment… fou…

— Si quelqu'un parmi vous pense être sage, qu'il devienne fou pour devenir sage, répondis-je.

— En tout cas, mon cousin, tu n'as point perdu le sens de la formule.

— Ce n'est pas de moi, sire…

Je prenais mon temps, sûr de mon effet.

— … mais de saint Paul, dans le Nouveau Testament. Première épître aux Corinthiens.

La ville s'embrasa. Mon intervention n'y fit rien. Sur toutes les places, on avait installé des bûchers. La promesse royale de deux cents écus en faveur de dénonciations avait fait son œuvre. François frappait aveuglément contre la Réforme qu'il considérait comme une pure et simple maladie. « Si mon bras était infecté de telle pourriture, je le voudrais séparé de mon corps », aimait-il à rappeler.

En ce jour glacial de novembre, une foule nombreuse s'était réunie pour assister au supplice d'un homme, attaché à un poteau au milieu de fagots. Il était jeune, pâle, presque déjà mort.

— Je suis innocent ! hurlait-il.

On disait qu'il était maçon et qu'on l'avait entendu confier un soir, au fond d'une taverne, que cette nouvelle religion était une des choses les plus séduisantes de ces dernières années. Pas de procès. Pas davantage de preuves, si ce n'était la rumeur terrifiante qui condamnait et embrasait la torche du bourreau.

Emmitouflé dans d'épaisses étoffes, je contemplais de loin ce rituel sordide. Presque aussi effrayant qu'un déferlement de fureur, des centaines de bouches se taisaient devant la promesse du pire. D'un geste franc, le bourreau mit le feu.

— Je suis innocent !

Il couinait comme un veau qu'on embroche encore vivant. On pouvait le voir se tortiller, essayer de dénouer ses liens, se cambrer, tousser. La foule restait muette. Bientôt il disparut derrière la fumée et se tut à son tour.

Nutrisco et extinguo, pensai-je. Je m'en nourris et je l'éteins.

Le roi à la salamandre jetait pourtant aux flammes des hommes. Pour quelques mots hypothétiques. Pour une possible remise en cause d'un mythe. Bref, pour rien. Sa soif de vengeance n'était jamais rassasiée. Même moi, je n'arrivais pas à le raisonner.

— Ne t'inquiète point, mon cousin.

Je persistais :

— Pourquoi cette furie ? Pourquoi ces massacres ? En quel nom ? Celui d'un Dieu de paix ?

— Je sais ce que je fais.

— Mais êtes-vous certain que tous ces hommes sont coupables ?

— Je sais que tu ne l'es point, obtins-je pour seule réponse.

La conviction de François ne suffit pas à convaincre sa favorite. Dès que je croisais le regard d'Anne de Pisseleu, ses yeux s'embrasaient eux aussi. Souvent, je lui répondais d'une grimace pour lui faire tourner la tête. Elle rageait, voulait me jeter aux démons. Je ne répondais pas. Mais j'aurais pu. J'avais appris qu'elle avait été faite duchesse par un tour de passe-passe digne des plus grands bonimenteurs. François l'avait mariée à un seigneur sans le sou, à qui il avait préalablement donné le comté d'Étampes, finalement érigé en duché. Ainsi, celle qui débuta comme fille d'honneur de Louise de Savoie devint digne de parader à la cour, au titre de maîtresse officielle.

— Elle a peuplé mon âme de mille tourments, m'avait confié un jour le roi.

Je crois même que je l'avais vu rougir. Pour une fois, je pouvais me mettre aisément à sa place. Car moi, avais-je perdu Lisette à tout jamais ? Comment la retrouver ? Les pires idées me traversaient l'esprit.

Et si je dénonçais son mari comme hérétique ?

La vision d'un corps en flammes et le souvenir des chairs calcinées me donnèrent la nausée.

Et si je l'enlevais ? Si nous partions tous les deux loin d'ici ?

Restait tout de même la question de passer inaperçu, ce qui, avec ma tête d'éboulement de terrain, n'avait jamais été ma spécialité.

Et si… ? Et si… ?

Je m'endormis de chagrin. Loin de ses bras. Loin de ma place dans le monde.

*
* *

Le temps adoucit les épreuves. Aujourd'hui, au pied de ce châtaignier, sur les hauteurs de cette ville qui m'a vu naître, je ne pleure plus. Mais tous ces souvenirs ravivent quelques angoisses. Le besoin de brûler, piller, soumettre, tuer, dominer, d'où vient-il ? Est-il enfoui en chacun de nous ? N'attend-il qu'un prétexte pour jaillir ? Peut-être étions-nous tous fous.

— Et maintenant, laissons place au plus fou des bouffons et au plus bouffon des fous ! Notre cher Triboulet ! Faites place, tonna le roi.

Ces derniers temps, les tensions s'étaient apaisées. Les bûchers refroidissaient et, peu à peu, la cour scintillait, de nouveau, à la lueur des banquets et des bals.

Ce soir de février, une grande fête avait été organisée en l'honneur du baptême de la fille du vicomte d'Orléans. Assis au milieu de la tablée, entre les conseillers, courtisans, diplomates, François était à son aise. Les verres de vin se vidaient, les plats en sauce défilaient. J'allais de convive en convive quémander un os de poulet ou un bout de fromage.

— Que fais-tu, mon cousin ?

— Je suis pareil à ces ducs et à ces comtes qui vous mendient des bouts de territoires.

Il rit fort. Suivi par le reste de la tablée, exceptés les quelques nobles concernés qui manquèrent de s'étouffer.

— Je vois que tu es en forme et que tu t'amuses bien. À présent, amuse-nous !

D'un bond, je sautai sur la table et pris une posture reconnaissable entre mille. Le torse bombé, la tête légèrement en arrière et les jambes écartées.

— C'est vous, sire ! s'exclama une voix.

Le roi rit encore, suivi par toute la cour. J'entendis murmurer :

— C'est bien imité ! Il va prendre la place de Votre Majesté.

— Peut-être qu'un jour, les bouffons seront rois.

— Et inversement !

— Faites silence ! Laissez parler mon cousin. Ou plutôt, moi-même !

Je continuai mon imitation.

— Eh bien, mes chers amis… Je voudrais m'adresser uniquement à celles et ceux qui sont attirés par mon pouvoir et mon argent. Si vous n'êtes point concernés, je vous ordonne de quitter les lieux.

Personne n'osa bouger.

— C'est bien ce qu'il me semblait…

Le roi rit. La cour aussi. Je me raclai la gorge et poursuivis :

— Voyez-vous, je m'appelle François d'Angoulême. Le bon roi Louis XII aimait les livres et les arts, moi j'aime être ivre et le lard.

Des applaudissements crépitèrent.

— Je m'y connais autant en politique et en stratégie, qu'une mule en astronomie.

— Oh, qu'il est méchant ! lança un courtisan hilare.

François m'observait avec un mélange d'admiration et d'impuissance. Comme s'il avait créé un monstre devenu incontrôlable.

— Aïe ! J'ai mal au fessier ! Est-ce un énième furoncle ou la langue trop râpeuse du seigneur d'Étigny ?

Seule Anne de Pisseleu m'ignorait, les yeux plongés dans son potage aux herbes.

— Je sais que vous m'aimez tous. Comme les tiques aiment les cuissots bien irrigués.

Autour de moi, je n'apercevais que des bouches ouvertes sur des glottes généreuses et des dents ébréchées. Les larmes coulaient sur les visages. Les corps se tordaient.

— Oh, mais qui vois-je ? C'est Montmorency ! Regardez-le comme il est beau dans son pourpoint ajusté. A-t-on déjà vu une figue farcie aussi bien habillée ?

Celui que l'on considérait alors comme le deuxième homme le plus puissant du royaume ravala sa salive. Il fit mine de trouver la plaisanterie à son goût. Le roi gloussa.

— Oh là, mais cette couleur me pique les yeux ! Qui se cache derrière ce béret en forme de crêpe ? C'est le cardinal Jean de Lorraine, bien sûr ! Il faut un chapeau aussi mou pour camoufler un cerveau du même genre ?

L'austère cardinal me fixait de ses yeux pleins de haine. Il aurait pu me décapiter sur place.

— Regardez-vous, gens de cour. « Il n'y a rien de plus rampant, de plus servile, de plus sot, de plus vil que la plupart d'entre vous, et vous n'en prétendez pas moins au premier rang partout. »

— Mais c'est qu'il connaît Érasme, entendis-je.

Je poursuivis :

— « Tout votre bonheur est d'avoir le droit d'appeler le roi "Sire", de savoir le saluer en trois paroles, de prodiguer des titres officiels où il est question de Sérénité, de Souveraineté, de Magnificence. Vous vous en barbouillez le museau, vous vous ébattez dans la flatterie ; tels sont vos talents essentiels de noble et de courtisan. »

La cour poussa un râle d'admiration.

— Voici un fou bien lettré, grinça un artisan de la courbette.

La duchesse d'Étampes ne levait pas le nez de sa soupe. Je me tournai vers elle.

— Je voudrais maintenant m'adresser à celle…

Tous les regards pivotèrent vers elle.

— À celle… À celle… À celle… À celle…

La cour chuchota.

— Il est bloqué à « celle », dit quelqu'un.

— Oui, parfaitement. Mes « celles » sont bloquées. Comme la duchesse. Regardez donc sa figure de constipée !

Elle leva la tête brusquement. Le feu dansait dans les cheminées. Je n'entendis pas le rire du roi.

*

* *

Le ciel a retrouvé son calme. Le souvenir du silence emplit mon esprit. J'avais trop pris l'habitude de cette réponse familière et rassurante ; ce rire large et puissant, je le connaissais par cœur. J'aurais pu le décrire de mille manières selon qu'il fût outré, complice, libérateur. Mais il ne vint pas. Jamais. Le roi me transperçait désormais de son regard.

— Répète ça, vilain !

Ce ton, je ne le connaissais pas. Ce visage non plus. Même au plus fort des batailles, au plus dur des combats, aux plus délicates parties de chasse.

— Répète ça. C'est un ordre !

Je n'osai prononcer un mot. Je sentais ma tête s'enfoncer dans mes épaules tordues. Au bout de mon capuchon, mes grelots s'étaient figés. J'aurais voulu disparaître.

— Tu désobéis à ton roi ?

J'avais bravé l'interdit, osé l'impossible, outrepassé mon rôle. Pourtant la farce était légère, simple, bête. Elle ne décrivait rien de plus qu'un visage trop fermé, une rancœur affichée. Le sujet n'était pas une remise en cause de la force souveraine, ni même une critique acerbe d'une décision royale. Mais la charge subversive était ailleurs. Dans un tabou absurde, un sacré inviolable. François, qui n'avait jamais respecté « ses femmes », m'avait toujours demandé de le faire.

— Gardes ! Emparez-vous de cette horrible chose !

— Non ! Attendez, sire, je suis votre cousin !

— Répète immédiatement si tu oses !

— Je n'ose…

— Il n'ose…

La cour m'accabla d'un soupir de revanche.

— Tu veux que je te rafraîchisse la mémoire, et que je t'embroche comme un agneau ?

— Mon cousin, je vous en conjure…

— Répète !

Je baissai la tête.

— Je voulais simplement rapporter que la duchesse d'Étampes, la valeureuse et noble Anne de Pisseleu était… Enfin disons…

Expliquer une farce, c'est avouer son échec. La panique me gagna, mon corps se noua. Je cherchai la parade. Jusqu'à présent, je l'avais toujours trouvée. J'avais toujours su rebondir après une roulade ratée, à la manière des danseurs de cordes qui, après un faux pas, savaient faire croire qu'il faisait partie du numéro.

— Triboulet, mon vieil ami, mon cousin. Que t'avais-je dit ? reprit François d'une voix emplie de colère froide.

— Ça dépend ? Quand ? tentai-je.

Son visage demeurait fermé.

La duchesse d'Étampes, « la plus savante des belles et la plus belle des savantes », comme l'avait qualifiée un jour un seigneur en titre mais un laquais de fait, me toisait du haut de son mépris.

— Tu manques de respect à la dame la plus élégante du royaume. Tu sais le châtiment.

Ma vue se troubla. Je faillis m'évanouir. Mais je tenais. Je tenais tête. Je ne voulais pas offrir le cadeau de ma défaite à ceux qui n'attendaient que ça. Je ne voulais pas devenir ce souvenir raconté de soirée en soirée, de génération en génération, qui s'imprime dans les livres d'histoires. Pas celles pour les enfants. Celles pour les grands, écrites par des vainqueurs trop heureux de transmettre le récit de ce vil bouffon mort de peur. Je me concentrai sur ma respiration, tentai de ralentir les battements de mon cœur.

— Choisis ton supplice. La roue, Montfaucon, le bûcher... Je te laisse libre de mourir comme tu l'entends.

Le silence écrasant de la cour devait s'entendre à des lieues à la ronde. Pourtant, dans cette ambiance de funérailles, ma réponse jaillit tel un souffle. Irréfléchie, cinglante. Elle claqua comme une oriflamme un soir de tempête.

— Sire, je demande à mourir... de vieillesse !

J'avais baissé la tête. Pas en signe de soumission. Mais comme une ultime révérence. Un salut à la fin d'une pièce de théâtre.

La cour retenait son souffle. Puis, le roi rit.

De toute sa puissance, à pleine gorge. Les nœuds dans mon corps lâchèrent d'un coup. L'air entra à nouveau dans mes poumons. Autour de la table, on pouvait entendre les dents des courtisans grincer, les poings se serrer, les cœurs s'emplir de fureur.

— Tu as de la chance, mon cousin ! Tu es drôle et plein d'esprit. Fuis cette ville à jamais, et nous serons quittes. Adieu.

Je tournai les talons, traversai la pièce la tête basse. J'avais échappé à la mort, pour désormais affronter l'indifférence. Était-ce pire pour un bouffon ?

Arrivé dans ma chambre, j'ôtai mon costume, mon chapeau à grelots, posai ma marotte sur un tabouret. La gorge serrée, je rassemblai mes affaires dans un baluchon. En passant la main sous mon lit je sentis l'acier froid d'un petit miroir.

— Apprends à t'accepter. C'est ta face et tu peux en être fier, m'avait lancé mon frère, en me l'offrant, un soir, dans les cuisines. Après tout, toi aussi tu es un miroir pour les rois.

J'examinai mon reflet.

En voilà un qui réfléchit, me dis-je.

Cette pâle plaisanterie m'arracha un rictus. La vue de ce visage aussi. Les creux, les bosses. Les rides, les cernes.

Je quittai le château avec des souliers de plomb et le cœur en peine.

Mon salut ne tint qu'à mon verbe. Celui qui avait assuré ma survie, nourri, protégé, me sauvait cette fois-ci d'une mort certaine.

Le soleil décline, striant le ciel de mille reflets orangés. Au pied de mon châtaignier, le bruit lointain d'un clairon me tire de mes pensées. Dans la forêt, le roi est en chasse.

Au bout du chemin, deux silhouettes apparaissent. Celle de Lisette, toujours aussi élancée. L'autre, plus petite, lui donne la main. Je leur souris. Le vent frais du crépuscule caresse mon visage. Notre fille se jette dans mes bras. Je l'attrape puis lui tire la langue en ouvrant grand les yeux. Elle éclate de rire.

Remerciements

Clara Dupont-Monod, sa patience, sa folie.
Magali Ruelland, son soutien, son regard.
Anne Pidoux, sa justesse, sa bienveillance.
Guillaume Berthon et Cédric Michon, leur précision, leur gentillesse.
Erwan Rodary, Juliette Arnaud, Luc Martin, Julie Duquenoÿ, leurs conseils, leur amitié.

Cet ouvrage a été composé par PCA

Imprimé en France par
CPI BRODARD & TAUPIN (72200 La Flèche)
en juin 2021

pour le compte des Éditions J.-C. LATTÈS
17, rue jacob – 75006 Paris

PAPIER À BASE DE FIBRES CERTIFIÉES

JC Lattès s'engage pour l'environnement en réduisant l'empreinte carbone de ses livres. Celle de cet exemplaire est de : 600 g éq. CO_2
Rendez-vous sur www.jclattes-durable.fr

N° d'impression : 3044480
N° d'édition : 07
Dépôt légal : mars 2021